제12회
소월시문학상 수상작품집

문학사상사

제12회 소월시문학상 수상작 선정 이유서

 1998년도 제12회 소월시문학상의 대상 수상작으로 시인 김용택 씨의 작품 〈사람들은 왜 모를까〉를 선정한다.

 김용택 시인은 첫 시집 《섬진강》(1985)을 낸 이후 자연의 아름다움과 그 순리의 철학을 인정과 세태에 연결시켜 서정적으로 노래하여 왔다. 소박성의 정서와 경험의 진실성을 바탕으로 빚어낸 이 시인의 시들은 전통과 현대를 이어주는 언어의 징검다리로서 특이한 감응력을 발휘하고 있다.

 김용택 시인의 최근작 〈사람들은 왜 모를까〉 〈나비는 청산 가네〉 등은 모두 절제된 언어를 통해 시적 정서의 긴장과 전형을 살려내고 있다. 특히 시적 대상으로서의 자연을 경험적 현실로 인식하고 그것을 상상력의 세계 속으로 끌어올리는 형상성이 뛰어나다고 할 수 있다.

 이러한 김용택 시인의 시적 작업과 그 성과를 높이 평가하여 문학사상사 소월시문학상 선고위원회는 제12회 소월시문학상의 영예를 드리며, 다시 한 번 축하를 보낸다.

1997년 4월
소월시문학상 선고위원회
구상 · 김남조 · 이어령 · 오세영 · 권영민

소월의 맥을 잇기를 바라며

구 상(具常)

올해엔 예심에서 넘겨진 후보 시인이 19명이나 되고 그 작품 활동도 모두가 활발하여서 개중 유안진 같은 중진 시인은 40편이나 되었다. 본심 제1차 천거에서 다수 추천을 받은 시인은 김용택과 남진우, 유안진 세 분이었다. 나 역시도 마찬가지였지만 세 시인 중 김용택은 널리 알려지다시피 자연 서정이나 서경은 일품이지만 나로서는 현대 감각이나 존재관이 안이한 점을 지적할 만하고, 남진우는 그런 면에서 그 상념이나 형상성(形象性)에 현대성과 독창성을 갖추고 있으나 그 동안 평론에 치우쳐 좀 두고 보자는 견해도 있어 이제껏 수상 후보로도 가장 많이 올랐던(5회) 김용택 시인이 수상자로 선정되었다.

그래서 내가 김 시인에게 축하와 함께 앞으로 기대하는 바는 시의 주제나 제재의 존재론적 인식의 개안(開眼)이다. 김소월의 시가 단순한 풍월의 자연 서정이나 서경이 아니라 드맑고도 뜻 깊은 존재관을 지니고 있듯이 말이다.

광명한 서정성이 돋보여 낙점

김 남 조(金南祚)

올해는 초심(初審)에서 19명이나 되는 시인들의 작품이 넘어왔으나 그 시적 개성은 몇 갈래로 나누어볼 만했다. 그러나 작품상을 결정하는 경우의 주안점은 시인의 시적 특성 등이 아니고 그 결과에 있어서의 완성도에 초점을 두게 된다. 아무튼 역량 있는 시인들이 많다는 사실에서 고무된 바가 있었다고 하겠다.

이번의 경우 유안진, 남진우, 이시영, 김용택, 장석남, 정해종의 작품이 좋았다. 유안진은 드물게 40편에 달하는 작품을 발표했고 그중에는 우수작이 여러 편 돋보였으나, 근년 여류들의 연속 수상이 있었던 점 등으로 하여 심사 위원 다수의 동의를 이끌어내지는 못했다.

최종심에 김용택과 남진우가 남게 되었는데 남 시인의 지적인 치열성과 김 시인의 광명한 서정성을 진지하게 토의한 끝에 김용택으로 낙점을 보았다. 물론 시적 성향에 평가 순번을 둔다는 얘기는 결코 아니며 이번의 경우 김

시인은 최다 추천(5회)의 기록 등을 살펴, 고르게 매해 정진해온 점을 감안했다 하겠다.

듣건대 김용택 씨는 먼 지방 도시에서 다년간 초등 교육을 담당하는 교사이며 시를 통해 알 뿐 심사위원 누구와도 면식이 없음을 알게 되었다.

이와 같이 숨어 있는(?) 시인에게 이번 소월시문학상의 수상 통보가 부디 화려한 축복으로 받아들여지고 이후의 시작에도 힘을 더하게 하는 전기가 되었으면 한다.

시적 긴장이 살아 있는 미덕

이 어 령(李御寧)

　본심에 오른 시인들 가운데에서 김용택의 경우를 주목
하였다. 김용택의 최근 시작들은 시적 긴장이 살아나고
있다. 시적 진술 자체가 지나치게 서술적이었던 이전의
시들은 그 언어의 해사(解辭)적인 특성들로 인하여 정서의
긴장을 수반하지 못한 약점이 있었다. 정서의 소박성이라
는 것도 시의 성과와는 관계가 없다. 서정시에서의 시적
성취는 긴장의 밀도에서 찾아진다. 김용택의 시에서 시적
긴장을 가능하게 하는 것은 외형상으로 언어의 압축과 절
제로 나타나고 있다. 이러한 변화가 이 시인에게 새로운
시적 성과로 이어지고 있음은 물론이다.

　문학사상사의 소월시문학상은 시단의 중진에게 주는 하
나의 찬사이다. 시인의 시적 업적에 대한 중간 결산으로
평가된다면 좋겠다. 김용택 시인이 소월시문학상의 수상
자로 결정된 것은 그의 시에 대한 진지한 노력이 높이 평
가되었음을 말하는 것이다.

삶에 대한 온기와 시세계의 건강성

오 세 영(吳世榮)

문학상이 갖는 의미는 다양할 것이다. 그러나 그중에서
도 중요한 것은 한 시대 문학이 나아가야 할 모범을 보여
주는 기능이 아닐까 한다. 이번 기회에 특별히 이 같은
성찰을 되새기는 것은 오늘의 한국 시단—특히 젊은 시
단이 혼돈과 좌절의 늪에서 헤어나오지 못하고 있기 때문
이다. 확실히 최근의 우리 시단은 전위적 실험이라는 미
명 아래 지적 허무주의나 세기말적 퇴폐주의가 만연하고
있지 않나 생각된다.

그러한 관점에서 김용택 씨의 수상은 시사해주는 바가
클 것이다. 삶에 대한 사랑, 통합된 의미 추구, 세계의 진
정성에 대한 믿음, 그리고 이들을 끊임없이 질적으로 개선
코자 하는 부단의 노력 등, 김용택 씨가 보여주는 시세계
는 우리를 감동케 한다. 물론 다른 관점에서 그의 시는 보
수성을 지향하고, 그 까닭에 실험성 내지 문제성의 제기가
부족하다는 비판을 받을 수도 있다. 그러나 이 같은 결점

은 그의 시의 건강성이 충분하게 상쇄하리라고 믿는다.

　남진우 씨의 시는 최근의 우리 시단에 신선한 자극을 불러일으키기에 충분한 작품들이었다. 특히 그의 시집에서 일관되게 나타나는 '죽음'의 테마들은 존재론적인 것일 뿐만 아니라 시대적 의미를 띤 것으로 우리가 걸어온 지난 두 세대 동안의 정신적 편력을 상징적으로 보여주는 것들이다. 애석하게도 남진우 씨의 작품들은 마지막까지 수상작과 경합하였다.

　이들 시인에 비해서 다소 연배가 어린 시인들 중에서는 오선홍 씨의 작품들이 특별하게 주목을 끌었다. 그의 단순하면서도 명징한 이미지의 제시는 오늘의 우리 시단 풍토에 비추어볼 때 충분히 개성적이라 할 수 있다. 그러나 그의 시가 앞으로 관심을 가져야 할 부분은 깊이 있는 인생론적 진실의 모색이 아닐까 한다.

균형 잡힌 시적 정서

권 영 민(權寧珉)

1998년도 소월시문학상의 본심에 오른 작품들을 보면 크게 두 가지의 특징을 드러내고 있다. 하나는 일상의 체험에 근거한 것이고 다른 하나는 시적 인식의 초월을 지향하는 경우이다. 모두가 우리 현대시의 최근 경향과 깊이 관계된다. 심사 대상 작품들을 낸 시인들의 면면이 예년에 비해 다소 젊어졌다는 것도 겉으로 드러나고 있는 특징이다.

본심 과정에서 나는 김용택, 남진우, 최두석, 안도현 등을 주목하였다. 이들은 문단 경력으로도 이미 중진의 반열에 오른 사람들이고 시적 경향에 있어서도 안정감을 유지하고 있다. 도시적 감성에 더 기울어 있는 남진우의 경우를 제외한다면 김용택, 최두석, 안도현은 시적 대상을 인식하는 방법과 태도가 대체로 비슷하다는 느낌을 준다. 경험적인 것에 기초한 상상력의 폭이 넓고, 시적 어조 또한 안정감을 유지하고 있다. 특히 대상으로서의 자연을 상상력의 세계 속으로 끌어들이는 힘이 포괄적이다.

김용택의 〈사람들은 왜 모를까〉〈나비는 청산 가네〉 등에서 볼 수 있는 시적 자아와 대상 사이의 미묘한 긴장과 조화는 경험의 진실성에 근거한 이 시인의 서정적 미학을 잘 보여준다. 이전의 시들이 비교적 언어의 절제에 치밀하지 못했던 것에 비한다면, 이 작품들은 형식의 균제미를 잘 살려낸 경우라고 할 수 있다. 최종 대상의 결정에서 김용택을 지목한 것은 그의 시적 정서의 균형을 높이 평가하였기 때문이다.

차 례

제12회 소월시문학상 수상작 선정 이유서   3

심사평

구 상 • 소월의 맥을 잇기를 바라며   5
김남조 • 광명한 서정성이 돋보여 낙점   6
이어령 • 시적 긴장이 살아 있는 미덕   8
오세영 • 삶에 대한 온기와 시세계의 건강성   9
권영민 • 균형 잡힌 시적 정서   11

대상 수상작

김용택

사람들은 왜 모를까 …… 23
현이네 어머니는 오지 않았습니다 …… 24
님의 나라 …… 26
생각이 많은 밤 …… 27
가을 …… 29

애인 ······ *31*

강천산에 갈라네 ······ *33*

나비는 청산 가네 ······ *35*

● 수상작가 자선작

나는 집으로 간다 ······ *39*

흰밥 ······ *44*

그 강에 가고 싶다 ······ *45*

눈 오는 마을 ······ *47*

푸른 나무 11 ······ *48*

그 그리운 시냇가 ······ *49*

세상의 길가 ······ *50*

아름다운 집, 그 집 ······ *51*

짧은 이야기 ······ *56*

이 꽃잎들 ······ *57*

참 좋은 당신 ······ *58*

추천 우수작

곽재구

돌점 치는 女子 …… *61*

묵언 1 …… *62*

묵언 2 …… *64*

가거도 편지 …… *65*

개장국 …… *67*

시 …… *69*

첫눈 오는 날 …… *70*

김정란

잔혹한 외출 …… *75*

건너편의 여자 …… *77*

너를 닮은, 닮지 않은, 낮은 성당 …… *79*

침묵, 바닷가에서 주운 칼날 …… *81*

바보, 심연을 건너다 …… 83

그리고 다시 가을이 왔다 …… 85

슬픔의 바다 …… 86

나희덕

부패의 힘 …… 91

고통에게 1 …… 92

만삭의 슬픔 …… 93

黃砂 속에서 …… 95

계산 …… 97

산욕기 …… 99

그러나 흙은 사라지지 않는다 …… 100

남진우

겨울 저녁의 詩 …… 105

멀리 먼 곳에서 …… 107

창가를 맴도는 파리 한 마리 ······ *109*

자정 ······ *111*

정오, 허공에서 반짝이는 새 울음 소리 ······ *112*

불면 ······ *113*

밤의 방주 ······ *114*

유안진

신경통 ······ *119*

홍시감 ······ *120*

절망에게 ······ *121*

인사말 ······ *122*

무지개 ······ *123*

옹이 ······ *124*

苦像 ······ *125*

정해종

아프리카 폐어를 위하여 ······ 129

근황 ······ 131

엑스트라 ······ 133

난해한 주파수 ······ 135

거리에 묻다 ······ 136

방전하는 밤 ······ 138

산체스 일가의 저녁 식탁 ······ 139

기수상 작가 우수작

오세영

오아시스 모텔에서 하룻밤을 ······ 143

애본에서 ······ 145

항구 난트켓 ······ 147

블루스 ······ *149*

에너랙시아 ······ *151*

이성복

유리창 너머 눈꽃송이 ······ *155*

우록 ······ *156*

파리 ······ *157*

삽화 ······ *159*

수상 소감   163

문학적 자서전   168

내가 본 김용택   177

김용택의 시세계   183

대상 수상작

김용택

사람들은 왜 모를까 외

1948년 전북 임실 출생
순창농림고등학교 졸업
1982년 《21인 신작시집》에
〈섬진강 1〉 등을 발표하며 등단
김수영문학상 수상
시집 《섬진강》·《그리운 꽃 편지》·
《그대, 거침없는 사랑》·《강 같은 세월》 등
현재 임실에 있는 마암분교 교사로 재직중

사람들은 왜 모를까

이별은 손 끝에 있고
서러움은 먼데서 온다
강 언덕 풀잎들이 돋아나며
아침 햇살에 핏줄이 일어선다
마른 풀잎들은 더 깊이 숨을 쉬고
아침 산그늘 속에
산벚꽃은 피어서 희다
누가 알랴 사람마다
누구도 닿지 않은 고독이 있다는 것을
돌아앉은 산들은 외롭고
마주 보는 산은 흰 이마가 서럽다
아픈 데서 피지 않은 꽃이 어디 있으랴
슬픔은 손 끝에 닿지만
고통은 천천히 꽃처럼 피어난다
저문 산 아래
쓸쓸히 서 있는 사람아
뒤로 오는 여인이 더 다정하듯이
그리운 것들은 다 산 뒤에 있다
사람들은 왜 모를까 봄이 되면
손에 닿지 않는 것들이 꽃이 된다는 것을

현이네 어머니는 오지 않았습니다

현이네 어머니는 오지 않았습니다
앞산에 꽃들이 앞서거니뒤서거니 피었다가 져불고
소쩍새가 이 산 저 산에 돌아와
이 산아 저 산아 밤새워 울어도
현이네 집은 캄캄했습니다
찔레꽃이 그렇게나 많이도 피었다가 지고
모판에 모들이 파랗게 자라도
이팝나무 이팝꽃이 소복소복 피었다가 지고 나서는
밤꽃이 그렇게나 하얗게 산을 덮어도
현이네 어머니는 돌아오지 않았습니다
지게 지고 저문 강길을
어둑어둑 길 더듬어
솔포기처럼 까맣게 돌아오던
현이네 어머니는
개구리들이 그렇게나 밤새워 캄캄하게 울어쌌고
풀벌레들이 집을 에워싸고 울어대어도
돌아오지 않았습니다
잊어버렸는가
인자는 동네 사람들을 참말로 잊어부렀다냐
전주 현이네 집에 간 현이네 어머니는
참말로 오지 않았습니다

지나가다가 현이 어머니 하고 부르면
얼른 문이 열려 마당이 훤해졌는디
참말로 인자는 현이네 집 앞 지나기가 무섭고 겁나고
서럽다이
현이네 어머니는
현이네 평밭머리 산나리꽃이
저 혼자 피었다가 저 혼자 지도록 내버려두고
오지 않았습니다

님의 나라

오늘도 뒤안에 목단꽃이 피었습니다.
햇살이 따가운 한낮이면 지치도록 활활 타오르다가
해진 저물녘이면 화려한 꽃잎들을 서럽도록 접습니다
두 눈을 꼭 감고
따라가고 싶어요
그 서러운 나라에

생각이 많은 밤

생각이 많은 밤이면
뒤척이고 뒤척이다
그만 깜빡 속은 것 같은 잠이 들었다가도
된서리가 치는지
감잎이 뚝 떨어지는 소리에 그만
들었던 잠이 번쩍 깨지는 것이다
이루어질 수 없는 생각에 매달리어
또
그 생각에 매달리기 싫어서
일어나 앉아 머리맡에 새어든 달빛을 가만히 내려다보
다가는
더듬더듬 불을 켜보지만
그 생각들이 달아나기는커녕
새로운 생각들이 더 보태지는 것이다
그런 밤이 가고
풀벌레 우는 새하얀 아침이 오면
마당 한구석 하얀 서리 속에 산국이 노랗게 피어
향기가 더 짙고
집 앞 아름드리 느티나무 아래 떨어진 잎들은
천근이나 만근이나 된 듯 흰 서리에 속이 젖어
땅에 착 달라붙어 있는 것이다

마루에 나와 우두커니 서서 이상 없이 어제와 똑같이 흐르는

강물이며 그냥 그대로 다 있는 텃밭에 김장 배추라든가

알몸이 파랗게 거의 다 솟은 무라든가

배추밭 구석진 곳에 심어져 쪽 고르게 자란 쪽파에 내린 흰 서리라든가

하얀 서리밭을 걸어오시는 나이가 드실 대로 다 드신 이웃 집 큰아버님의 허리 굽은 걸음걸이라든가

앞산 산 속 참나무 밑이 혜성혜성 해보이는 것들을

하염없이 바라보고 있으면

이상하게도 마음이 개운해지고

텅 빈 마음 안에는 세상의 모든 것들이 하나하나 또렷이 보이는 것이다

그랬었구나, 그랬었구나 까닭도 없이 고개가 끄덕여지고

그런 것들이,

그러한 것들이

투명한 유리알 저쪽처럼 손에 잡힐 듯 환하게 보이고

마음에 와 그림같이 잠기는 것이다

가을

산그늘이 내린 메밀밭에 희고 서늘한 메밀꽃이라든가
그 윗밭에 키가 큰 수수 모가지라든가
가을 바람에 흔들리는 깊은 산 속 논두렁에 새하얀 억
새꽃이라든가
논두렁에 앉아 담배를 태우며 노랗게 고개 숙인 벼들을
하염없이 바라보는
농부와 그의 논이라든가
우북하게 풀 우거진 낯선 길섶에 붉은 물봉숭아꽃 고마
리꽃 그 꽃 속에
피어 있는 서늘한 구절초꽃 몇 송이라든가
가방 메고 타박타박 혼자 걸어서 집에 가는 빈 들길의
아이라든가
아무런 할 말이 생각나지 않는 높고 푸른 하늘 한쪽에
나타난 석양빛이라든가
아이도 농부도 암소도 없이 저녁 연기 오르는 산 아래
마을까지 가서
하얗게 저녁 연기 따라 하늘로 사라지는
저물 대로 다 저문 길이라든가
한참을 숨가쁘게 지저귀다가 금세 그치는 한수 형님네
집 뒤안 감나무가 있는 대밭에 참새들이라든가
마을 뒷산 저쪽 끄트머리쯤에 깨끗하게 벌초된

나는 얼굴도 잘 모르는 사람들의 무덤들이라든가

다 헤아릴 수 없이 그리웁고
다 헤아릴 수 없이 정다운
우리나라의 가을입니다

애인

이웃 마을에 살던 그 여자는
내가 어디 갔다가 오는 날을 어떻게 아는지
내가 그의 마을 앞을 지날 때를 어떻게 아는지
내가 그의 집 앞을 지날 때쯤이면 용케도 발걸음을 딱
맞추어가지고는
작고 예쁜 대소쿠리를 옆에 끼고 대문을 나서서
긴 간짓대로 된 감망을 끌고
따그락따그락 자갈돌들을 차며
미리 내 앞을 걸어갑니다
눈도 맘도 뒤에다가 두고
귀도, 검은 머릿결 밖으로 나온 귀도 뒤에다가 다 열어
놓고는
감을 따러 갑니다
커다란 느티나무 저만큼 서 있는 길
샛노란 산국이 길을 따라 피어 있는 길
어쩌다가 시간을 잘 못 맞추는 날이면
그 여자는 붉은 감이 주렁주렁 달린 감나무를 높이높이
올라가서는 감을 땁니다
월남 치마에다 빨간 스웨터를 입은 그 여자는 내가 올
때까지
소쿠리 가득 감이 넘쳐도 쓸데없이 감을 마구 땁니다

나를 좋아한 그 여자
어쩔 때 노란 산국이 핀 꽃포기 아래에다 편지를 감홍
시로 눌러놓은 그 여자
늦가을 시린 달빛을 받으며 마을을 벗어난 하얀 길을
따라가다보면
느티나무 등뒤에다 등을 기대고 달을 보며 나를 기다리던
내가 그냥 좋아했던 이웃 마을 그 여자
들패랭이 같고
느티나무 아래 일찍 핀 구절초꽃 같던 그 여자
가을 해가 이렇게 뉘엿뉘엿 지는 날
이 길을 걸으면 지금도 내 마음속에서 살아나와
저만큼 앞서 가다가 뒤돌아다 보며
단풍 물든 느티나무 잎사귀같이 살짝 낯을 붉히며 웃는
웃을 때는 쪽니가 이쁘던 그 여자

우리나라 가을 하늘같이 오래 된 그 여자

강천산에 갈라네

유월이 오면
강천산*으로 때동나무 꽃 보러 갈라네
때동나무 하얀 꽃들이
작은 초롱불처럼 불을 밝히면
환한 때동나무 아래 나는 들라네
강천산으로 때동나무 꽃 보러 가면
산딸나무 꽃도 있다네
아, 푸르른 잎사귀들이여
그 푸르른 잎사귀 위에
층층이 별처럼 얹혀
세상에 귀를 기울인 꽃잎들이여
강천산에 진달래꽃 때문에 봄이 옳더니
강천산에 산딸나무 산딸꽃 때문에
강천산 유월이 옳다네
바위 사이를 돌아
흰 자갈 위로 흐르는 물 위에
하얀 꽃잎처럼 떠서
나도 이 세상에 귀를 열 수 있다면
눈을 뜰 수 있다면
이 세상 짐을 다 짊어지고
나 혼자라도 나는 강천산에 들라네

이 세상이 다 그르더라도
이 세상이 다 옳은 강천산
때동나무 꽃 아래 가만가만 들어서서
도랑물 건너 산딸나무 꽃을 볼라네
꽃잎이 가만가만 물 위에 떨어져서
세상으로 제 얼굴을 찾아가는 강천산에
나는 들라네

* 강천산 : 전북 순창에 있는 산.

나비는 청산 가네

꽃잎이 날아드는 강가에 나는 섰네

내 맘에 한번 핀 꽃은
생전에 지지 않는 줄을
내 어찌 몰랐을까
우수수 내 발등에 떨어지는 꽃잎들이
사랑에서 돌아선
그대 눈물인 줄만 알았지
내 눈물인 줄은
내 어찌 몰랐을까
날 저무는 강물에 훨훨 날아드는 것이
꽃잎이 아니라
저 산을 날아가는 나비인 줄을
나는 왜 몰랐을까

꽃잎이 날아드는 강가에 나는 서 있네

수상 작가 자선작

김용택
나는 집으로 간다 외

나는 땅을 딛고 흙을 밟고 집으로 간다
우리 동네는 해가 일찍 진다
이쪽 산꼭대기에서 저쪽 산꼭대기까지
성큼 뛰어 건널 수 있을 것 같다
그 사이에 강이 있다
그 사이에 집이 있다
......

나는 집으로 간다

　나는 집으로 간다 집을 향하기 전에 2학년 1반 교실 유리창을 다 닫고 그 너머로 강변 마른 풀밭 풀잎 위에 남은 햇살들을 본다.

　앞산 마을 뒤에 파랗게 남은 배추밭에 배추, 배추밭 가에 한 무더기 밤나무숲에 지금 단풍이 한창이다. 마른 밤나무 잎에 불이 붙으면 불 붙은 밤나무 잎은 불타며 날아가다가 불이 꺼지면 재가 되어 하얗게 떨어진다 불꽃이 늦게 사그라지며 희게 드러났다 사라지던 잎맥, 까만, 가벼운 재.

　지금 긴 복도를 지나 강변에 나가면 강변 억새들이 석양 속에 손짓같이, 고갯짓같이 하얗게 뜰까? 아, 목이 안 보이는 눈부신 억새,

　나는 지금 집으로 간다

　사람들은 차를 타고 씽씽 잘들도 달린다 그러나 나는 천천히 걸어간다 아침에 올 때 강물에 둥둥 떠 있던 오리, 빨간 발을 허공에 내저으며 자맥질을 하던 오리 없다 틀림없이 누군가 총질을 했을 것이다. 새들과 나무와 꽃과 물이 하늘과 바람과 어울려 노는 꼴을 사람들은 보지 못한다 들판은 텅 비어 있다.

　마른 짚들이 묶여 서 있다 들 건너 마을 뒤안에 감잎 하나 없는 감들이 붉다 산그늘 속에 굴뚝에서 천천히 가

만가만 연기가 피어오른다. 어디만큼 오르다 풀어지는 저
녁 연기가. 평화다 사람들은 싸움이, 전쟁을 막아놓고 평
화라 하지만 저것이 평화다
　나는 집으로 간다
　5분도 안 걷는 아스팔트 길이 나는 싫다 길가에 흙과
잔자갈들을 밟고 나는 간다 차들이 씽씽 달리는 아스팔트
길은 딱딱하다 길이 없다 아무데도 길이 없어 모두 길이
된다
　강물까지 간다 언덕을 올라 뒤돌아다보면 억새들이 하
얗게 깔려 있다 바람이 불면 일제히 쓰러지지만, 무엇에
놀란 듯 얼른 일어나는 놈도 있다.
　강물에 가네
　나는 강물에 가네
　저문 강물 저물어 나도 가네
　강가에 가서
　강물을 보네
　강물을 보네
　아, 이 고요로움을 한 움큼 길어
　사랑하는 님에게 드리고 싶네
　서편에 뜬 붉은 구름이랑 같이 드리고 싶다네
　내 깊은 데서 아직도 타는 이 그리움을, 이 사랑을

아, 산봉우리 젖네
저 푸르른 솔잎
가을에는 흔들리지 않는 것이 좋다네
물에는 물만 있네

　나는 땅을 딛고 흙을 밟고 집으로 간다 우리 동네는 해
가 일찍 진다 이쪽 산꼭대기에서 저쪽 산꼭대기까지 성큼
뛰어 건널 수 있을 것 같다 그 사이에 강이 있다 그 사이
에 집이 있다 그 사이에 논도 밭도 감나무도 있다 그 사
이에 어머니도 배추밭도 있다 민세 민해 아내랑 찍은 사
진을 볼 때마다 아내는 맨날 웃는다 빨래를 하다 내가 카
메라를 들이대니 엉거주춤 일어서며 찍지 마 찍지 마 웃
는다―그 사진 그때가 생각난다 내 몸엔 온갖 풀씨들이
다 달라붙어 있다 아내랑 시골에 살 때도 나는 저물녘이
면 참지 못하고 강변을 쏘다니며 풀씨들을 붙여 왔다 아
내는 벗어놓은 내 옷에서 풀씨를 떼어 모으며 잔소리를
했다 오늘 나는 길가에 앉아 한참을 떼어낸다 여기저기
달라붙은 온갖 풀씨, 이 풀씨들이 이 자리 여기에서 파란
싹을 틔울까 그러겠지 저녁 놀이 서쪽 하늘에 빨갛다 붉
은 구름 한 조각이 가만히, 그냥 가만히 떠 있다 가을엔
움직이는 것들은 모두 쓸쓸하다

나는 지금 집으로 간다

호박을 짊어지고 다리를 건너 마을로 오는 사람이 있다
하얀 수건을 머리에 쓴 할머니도 오고 있다 지게바작 위
에 푸른 호박 누런 호박 올해 동네 앞 느티나무는 황금색
으로 물들었다 황금색은 똥색이지 해 다 진 한수 형님네
집에서 "이런 니기미 씨팔"이란 욕이 튀어나온다 마을에
다 다다랐다 마을 제일 첫집이 한수 형님네 집이다

전주에서 집에 와 나는 며칠 동안 잠만 잤다 연속극을
보다가도 자고 뉴스를 듣다가도 잠이 들었다 이른 새벽에
눈이 떠졌다 4시나 5시였다 밖에 나가보면 세계는 고요했
다 안개가 강물처럼 길게 강 위에 피어 있곤 했다 한밤중
에 오줌이 마려워 마당을 지나 빈 논에 오줌을 싸며 하늘
을 올려다보면 얼굴 가득 별들이 반짝였다 참 별들이 많
기도 하다 별은 별이다 으스스 몸이 떨렸다 으으 추워 이
불 밑으로 들어가 잠이 들었다 아침이 되어 눈을 뜨면 네
군데 창호지 문이 빤하게 환했다 그 환한 문으로 딱새 울
음 소리가 찾아든다 아내를 안으면 늘 산골짜기 논다랑지
푸른 보리밭, 곱게 물든 단풍잎들이 떠오르곤 했다 모래
가 하얗게 깔린 작은 시내가 흐르곤 했다 딱새는 한때 우
리 집에 찾아와 집을 짓고 살림을 차리더니 새끼도 깠었
다. 그 딱새일까

집에 다 왔다

어둑어둑 사람들의 일하는 굽은 등이 보인다 나락은 다
말려 쌓아두고 콩타작을 한다 옛날에 도리깨질을 하면 노
란 콩, 붉은 팥, 까만 콩들이 토톡토톡 까지고 튀어 마루
까지 튀어와 또르르 구르곤 했다 얇고 뽀얀 먼지 위에 박
히던 콩 구른 자욱 그 끝에 노란 콩이 있었다 콩은 구정
물통에도 외양간 소 눈에도 튀었다 어둑어둑한 마당귀까
지 콩을 찾아 줍곤 했다 이제는 경운기로 콩타작을 한다
콩을 시멘트 길바닥에 깔아놓고 경운기로 앞으로 갔다 뒤
로 갔다 하면 콩이 까진다 바퀴에 정통으로 깔려 으깨진
콩도 있다

저녁을 먹는다

집 앞 텃논에서 무를 뽑아다 어머님은 생채를 했다 비
벼 먹는다 배추 속을 뽑아다가 된장을 찍어 먹는다 밥을
먹다가 어머님이 내 머리에 붙은 풀씨를 떼며 "너 갱변으
로 왔제" 풀씨를 어둔 마당에 휙 던진다

순창 할머니가 어둑어둑 마을 길을 지난다 종길이 형님
이 경운기를 몰고 이제야 집에 온다 종길이 아재가 지게
지고 돌아온다 모두 어둑어둑하다 무엇이 사람을 사람으
로 만들고 역사를 만드는가 억새들은 어떻게 잠을 잘까
나는 지금 잠이 온다

흰밥

해는 높고
하늘이 푸르른 날
소와 쟁기와 사람이 논을 고르고
사람들이 맨발로 논에 들어가
하루 종일
부드러운 흙 속에 모를 심는다
왼손에 쥐어진
파란 못잎을 보았느냐
캄캄한 흙 속에 들어갔다 나온
아름다운 오른손을 보았느냐
그 모들이
바람을 타고 쓰러질 듯 쓰러질 듯 파랗게
몸을 굽히며 오래오래 자라더니
흰 쌀이 되어 우리 발 아래 쏟아져
길을 비추고
흰밥이 되어
우리 어둔 눈이 열린다
흰밥이 어둔 입으로 들어갈 때 생각하라
사람이 이 땅에 할 짓이 무엇이더냐

그 강에 가고 싶다

그 강에 가고 싶다
사람이 없더라도 강물이 저 홀로 흐르고
사람이 없더라도 강물은 멀리 간다
인자는 나도
애가 타게 무엇을 기다리지 않을 때도 되었다
봄이 되어 꽃이 핀다고
금방 기뻐 웃을 일도 아니고
가을이 되어 잎이 진다고
산에서 눈길을 쉬이 거둘 일도 아니다

강가에서는 그저 물을 볼일이요
가만가만 다가가서 물 깊이 산을 볼일이다
무엇이 바쁜가
이만큼 살아서 마주할 산이 거기 늘 앉아 있고
이만큼 걸어 항상 물이 거기 흐른다
인자는 강가에 가지 않아도
산은 내 머리맡에 와 앉아 쉬었다가 가고
강물은 때로 나를 따라와 머물다가
저 혼자 돌아간다

강에 가고 싶다

물이 산을 두고 가지 않고
산 또한 물을 두고 가지 않는다
그 산에 그 강
그 강에 가고 싶다

눈 오는 마을

저녁눈 오는 마을에 들어서 보았느냐
하늘에서 눈이 내리고
마을이 조용히 그 눈을 다 맞는
눈 오는 마을을 보았느냐
논과 밭과 이 세상에 난 길이란 길들이
마을에 들어서며 조용히 끝나고
내가 걸어온 길도
뒤돌아볼 것 없다 하얗게 눕는다
이제 아무것도 더는 소용없다 돌아설 수 없는 삶이
길 없이 내 앞에 가만히 놓인다
저녁 하늘에 가득 오는 눈이여
가만히 눈발을 헤치고 들여다보면
이 세상엔 보이지 않은 것 하나 없다
다만
하늘에서 살다가 이 세상에 온 눈들이 두 눈을 감으며
조심조심 하얀 발을 이 세상 어두운 지붕 위에
내릴 뿐이다

푸른 나무 11

나도 너 같은 봄을 갖고 싶다
어둔 땅으로 뿌리를 뻗어내리며
어둔 하늘로는 하늘 깊이 별을 부른다 너는
나도 너의 새 이파리 같은 시를 쓰고 싶다
큰 몸과 수많은 가지와 이파리들이
세상의 어느 곳으로도 다 뻗어가
너를 이루며 완성되는 찬란하고 눈부신 봄
나도 너같이 푸르른 시인이 되어
가난한 우리나라 봄길을 나서고 싶다

그 그리운 시냇가

흐르는 시내 모래 위에
물무늬처럼 이는 사랑이 있었습니다
흐르는 물 속에는 자리잡지 못한 모래알들이
소리 없이 뒹굴어가기도 하고
그 작은 몸짓으로
빈 곳을 찾아가
반짝이며 자리잡기도 하는 몸짓들을
오래오래 보고 있었습니다
물가로 밀려난 잔물결들은
강기슭 풀밭에 가 닿으며 사라지기도 하지만
허물어지지 않은 산도
저쪽 강기슭엔 있었습니다
가만히 들여다보면 눈에 어리다가
내 가슴 어딘가에 닿아
거짓말같이 번지는
물무늬 같은 사랑이
그 그리운 시냇가에 있었습니다

세상의 길가

내 가난함으로
세상의 어딘가에서
누군가가 배부릅니다
내 야윔으로
세상의 어딘가에서
누군가가 살이 찝니다
내 서러운 눈물로
적시는 세상의 어느 길가에서
새벽밥같이 하얀
풀꽃들이 피어납니다

아름다운 집, 그 집

하늘 아래 아름다운 집 그 집은
아버님이 지으셨다
아버님은 깊은 산 속을 돌아다니며
곧고 푸른 소나무를 베어 말렸다가
지게로 하나하나 져날라
빈 터 그늘에 차곡차곡 쌓았다
기둥과 서까래와 상량나무와 개보와 문틀과 마루 판잣
감이 몇 년 만에
다 모이자
아버님은 목수를 불렀다

잘 마른 소나무에 검은 먹줄이 까맣게 튕겨지고
하얀 속살이 깎이고 잘리고 환한 구멍들이 뚫렸다.
붉은 조선 소나무 무늬가 보이는 대팻밥,
붉은 나이테가 보이는 나무토막으로
모닥불을 놓아두면
동네 사람들이 저절로 하나 둘 모여들어
모닥불을 지피며
하루 종일 집 짓는 구경들을 했다
어떤 어른은 떡본 김에 제사 지낸다고
하루 종일 우리 집에서 술도 먹고 밥도 먹으며

온갖 연장으로 지게도 만들고 쟁기도 만들었다.
하얗게 다듬어져 쌓인 나무 옆에서
파랗게 타오르던 연기
꼬물꼬물 조선 소나무 무늬가 타던 불꽃.
아버님은 강변에서
보는 쪽쪽 모아두었던 주춧돌을 가져왔다.
기둥이 검은 산에 하얗게 일어섰다.
뚝딱뚝딱 나무 메로 집을 맞추어갔다.
방이, 마루가, 부엌이 그려졌다
아, 하얗게 깎인 나무들이 그려내는 집 모양이
깊은 산그늘 속에 둥 떠올랐다
상량떡을 먹고 서까래가 올라가자
동네 사람들이 지게 지고 괭이 들고 삽 메고 모여들었다.
닥채로 지붕을 엮어 덮었다. 다시 그 위에 장작을 얹혀
덮었다.
그리고
그 위에 논흙이 올라갔다
사람들도 텃논에 흙구덩이를 내어
마당에다 쌓고
그 위에 짚을 썰어 섞고 물을 부어 흙을 맨발로 밟아
이겼다.

머리통만한 흙덩어리를 만들어
지붕 위로 휙휙 던졌다
흙덩이들이 지붕 가득 날아올라
점점 하늘을 막았다
흙을 밟아 이개는 흙 속의 굳센 발,
어기영어기영 휙휙 흙덩이를 던지며
가뿐가뿐 받던 아름다운 손,
웃고 떠들며 쉬지 않던 입,
공만한 흙덩이 하나가
마지막 하늘을 막았다
나는 큰방 자리에 서서
잠깐 캄캄했다

지붕에 저릅대로 만든 나래가 오라가 덮였다.
아버님이 달빛으로
새벽빛으로 엮은
나래가 지붕을 덮자
노랗고 따뜻하고 둥그스럼한 초가가 되었다.
대나무로 벽을 엮어 흙을 바르고
납작납작한 구들장이 놓여지고
방에 불이 들어가고

굴뚝에서 연기가 솟았다
방마다 흙에서 뭉게뭉게 김이 나고
흙냄새가 집 안 가득 피어올랐다

집, 아, 아름다운 사람들의 생각과 손과 발과 온몸으로
지어진
그 집, 그 집 지붕 위로 새들이 날아다니고, 해와 달이,
별들이 떴다 졌다
지나갔다
눈이 내려 쌓이고 고드름이 얼고
비가 내렸다
구렁이, 참새, 쥐, 굼벵이들이 그 집에 그들의 집을 지
었다
그 집에 아버지와 어머니와 나와 세 명의 남동생과 두
명의 누이가 살았다

그 집에서는 산이 보였다
그 집에서는 마루에 누워도 물이 보였다
그 집에서는 물을 차고 뛰는 하얀 물고기들의 저녁놀이
가 보인다

아이들이 크고 세월이 갔다. 그 집에서 오랜 세월이 더
흐른 후
  그 집을 지은 아버지는
  그 집 큰 방에서 숨을 거두었다

  그리고, 아버지는 소나무를 베어왔던 그 산에 묻혔다

  아, 아름다운 그 작은 집, 그 흙집에서 나는 지금 산다.

짧은 이야기

사과 속에 벌레 한 마리가 살고 있었습니다
사과는 그 벌레의 밥이요 집이요 옷이요 나라였습니다
사람들이 그 벌레의 집과 밥과 옷을 빼앗고
나라에서 쫓아내고 죽였습니다

누가 사과가 사람들만의 것이라고 정했습니까
사과는 서러웠습니다
서러운 사과를 사람들만 좋아라 먹습니다

이 꽃잎들

천지간에 꽃입니다
눈 가고 마음 가고 발길 닿는 곳마다 꽃입니다
생각지도 않은 곳에서 지금 꽃이 피고, 못 견디겠어요
눈을 감습니다 아, 눈감은 데까지 따라오며 꽃은 핍니다
피할 수 없는 이 화사한 아픔, 잡히지 않는 이 아련한 그
리움, 참을 수 없이 떨리는 이 까닭 없는 분노 아아, 생살
에 떨어지는 이 뜨거운 꽃잎들.

참 좋은 당신

어느 봄날
당신의 사랑으로
응달지던 내 뒤란에
햇빛이 들이치는 기쁨을
나는 보았습니다
어둠 속에서 사랑의 불가로
나를 가만히 불러내신 당신은
어둠을 건너온 자만이
만들 수 있는
밝고 환한 빛으로
내 앞에 서서
들꽃처럼 깨끗하게
웃었지요
아,
생각만 해도
참
좋은
당신.

추천 우수작

곽재구

돌점 치는 女子 외

1954년 광주 출생
전남대 국문과 졸업
1981년 《중앙일보》 신춘문예로 등단
1992년 제10회 신동엽창작기금 받음
시집 《사평역에서》·《전장포 아리랑》·
《서울 세노야》·《참 맑은 물살》 등

돌점 치는 女子

그 여자와 나는
중앙아시아 초원에서 만났습니다
이스크쿨이라는 이름의 호수가
천산의 맑은 눈망울을 떨구고 있는 땅
그 여자가 돌 몇 개를 굴려
내 인생의 앞날을 읽어주었습니다
나 두 귀 쫑긋거리며
또르르 또르르 물방울처럼 굴러나가는
내 인생의 마른 풀숲 하나 보았습니다
어디선가 썩어 문드러질 육신
죽어 지옥을 방황할 영혼
그 여자의 점괘들이
비비새의 울음 소리가 되어
저물녘 사과나무 가지에 걸렸습니다
그날 밤 이스크쿨 호수의 수면 위에
육탈이 덜 된 한 사내의 뼈 하나가 떠올랐습니다
바람도 되지 못하고
꽃도 되지 못하고
더더욱 새는 꿈꾸지 못한
한 사내의 이름이 작은 물살되어
천산의 기슭까지 천천히 밀려나갔습니다.

묵언 1

소금 속에 혀를 던진다
부드럽고 달콤하고
은밀한 행복을 꿈꾸어온 혀
이리저리 쫓겨다니며
끝내 입 속의 적막을 사랑하지 못한 혀

좌석버스에 앉은 혀
지하철 손잡이에 매달린 혀
죽은 빵을 먹는 혀
생선 비린내에 길들여진 혀
형제의 눈물은 쓸어안지 못하고
아침 햇살과
단풍잎의 아름다움에 감탄하는 혀
새로 창출된 권력과
남가주대학 출신의 비디오 자키와
앙겔로풀로스의 영화를 이야기하는 혀
깨진 꽃병으로 걸어가는 혀
63빌딩의 층수를 헤아려보는 혀
자명종 소리에 매달린 혀
미망의 혀
죽은 청춘의 혀

상처뿐인 혀 하나를
불같이 뜨거운 소금 구덩이에 던진다.

묵언 2
—소금밭에서

한 고독이
한 고독을 눌러 죽이고
새로운 고독이 태어납니다
그러한 때
나는 패배자가 된
고독의 옆 얼굴을 볼 수 없습니다
승리자가 된 고독의
빛나는 웃음도 볼 수 없습니다

한 고독이
한 고독을 눌러 죽이고
서러운 고독이 태어납니다
그 빛나는 탄생의 신비 앞에서
한 햇빛이
다른 햇빛을 돌로 쳐 죽이는
끔찍한 모습을 만나기도 합니다

가거도 편지

한 바다가 있었네
햇살은 한없이 맑고 투명하여
천길 바다의 속살을 드리우고

그 바다 한가운데
삶이 그리운 사람들 모여 살았네
더러는 후박나무 숲그늘 새
순금빛 새 울음 소리를 엮기도 하고
더러는 먼 바다에 나가
멸치잡이 노래로 한세상 시름을 달래기도 하다가
밤이 되면 사랑하는 사람들 한 몸 되어
눈부신 바다의 아이를 낳았네

수평선 멀리 반짝인다는
네온사인 불빛 같은 건 몰라
누가 국회의원이 되고
누가 골프장의 주인이 되고
누가 벤츠 자동차를 타고
그런 신기루 같은 이야기는 정녕 몰라

지아비는 지어미의

물질 휘파람 소리에 가슴이 더워지고

지어미는 지아비의
고기 그물 끌어올리는 튼튼한 근육을
일곱물 달빛 하나하나에
새길 수 있다네

길 떠난 세상의 새들이
한번은 머물러 새끼를 치고 싶은 곳
자유보다 소중한 사랑을 꿈꾸는 곳
그곳에서 사람들이 살아간다네
수수천 년 옛이야기처럼 철썩철썩 살아간다네.

개장국

인도 갠지스 강가
바라나시라던가 어디라던가
아니면 烈女春香守節歌에서
춘향 아비로 나오는 성 아무개 참판이 살았다던
서울 紫霞골 어디라던가
하여튼 그곳에 꽤 근사한 주막이 하나 열렸는데
그 집의 메뉴가 딱 하나
칼국수뿐이렷다
知臣은 莫如主요 知子는 莫如父라
미스 유니버스급으로 삼삼한 주모 얼굴 한 번 모시러
조선 팔도 건달들이 다 모여들어
칼국수를 들이키는데
평소에는 빠다 바른 새우튀김
침 질질 흘리며 먹던 건달도
칼국수 한 그릇 후루룩
무슨 바닷가잰가 상어 지느러민가
아니면 입맛을 다시지 않던 특급 건달도
칼국수 한 그릇 후루룩
유람 나온 미국 공사도 프랑스 영사도
얼떨결에 한 그릇 후루룩 후루룩
무슨 모범 택시 기산가 소년 가장인가 올림픽 메달리스

트도

후루룩 후루룩 다들 알아서 먹어대는데
어느 날 전라도 남원 땅에서 올라온
떠꺼머리 房子 녀석이 술청에 턱 걸터앉더니만
조선 사람 본디 개장국을 먹어야 힘을 쓰는 법
큰소리로 개장국 한 사발을 시켰다더라.

시
—복종

밥을 먹다가
바로 앞 당신 생각으로
밥알 몇 개를 흘렸답니다
왜 흘려요?
당신이 내게 물었지요
난 속으로 가만히 대답했답니다
당신이 주워 먹으라 하신다면 얼른
주워 먹으려구요.

첫눈 오는 날

사랑하는
마음이 깊어지면
하늘의 별을
몇 섬이고 따올 수 있지

노래하는
마음이 깊어지면
새들이 꾸는 겨울꿈 같은 건
신비하지도 않아

첫눈 오는 날
당산 전철역 오르는 계단 위에 서서
하늘을 바라보는 사람들
가슴속에 촛불 하나씩 켜들고
허공 속으로 지친 발걸음 옮기는 사람들

사랑하는
마음이 깊어지면
다닥다닥 뒤엉긴 이웃들의 슬픔 새로
순금빛 강물 하나 흐른다네

노래하는
마음이 깊어지면
이 세상 모든 고통의 알몸들이
사과꽃 향기를 날린다네.

추천 우수작

김정란
잔혹한 외출외

1953년 서울 출생
외국어대 불어과 졸업
1976년 《현대문학》으로 등단
시집 《다시 시작하는 나비》·《매혹, 혹은 겹침》 등

잔혹한 외출

바다
해가 졌다
저녁내 흔들리는 모랫벌

대낮의 편안한, 규정된 부피를 부정하는
칼처럼 달이 뜨고

바람이 잔잔히 불기 시작했다

살이 저며지고 있다
아니, 오해 마시기를
이건 부패가 아니다,
싱싱하고 생생한 선혈이 뚝뚝 떨어지는
신선한 살의 이별
결 따라 완벽하게 저며져 뼈를 떠나는 살

희디흰 뼈 눈부시게 드러나고
바람과 바람의 결 사이에 촘촘히 박혀 있던
잊혀진, 강렬한 말들이
핏줄 위에서 널을 뛰기 시작한다

잔혹한 외출

최소한의 삶으로 버티던 여자 하나, 모랫벌을 달려가
시퍼런 바닷물 속으로 걸어 들어간다

건너편의 여자

오늘 저녁엔 한번 찬찬히 살펴보시길

봄비 스스스 내리는 저녁 무렵
혹시 당신의 양복 뒷단을
희고 찬 낯선 손이 몰래 다가와
살며시 잡아당기지는 않는지

혹시 당신 아파트 문 위에
손톱자국이 나 있지는 않은지
자동응답기에 숨죽인 흐느낌이
녹음되어 있지는 않은지

당신이 시내로 들어가는 전철을 기다리면서
일간지에 코를 박고 있는 동안, 그리곤
불 밝은 전동차 안으로 망설임 없이 걸어 들어가는 동
안,
혹시, 건너편, 시외로 빠져나가는 플랫폼
어두운 한구석에 숨어서 한 여자가 당신을
막막히 애절한 눈길로 바라보고 있지는 않은지

그녀가 가슴을 불어가는 바람을 견디느라

입술을 깨물고 울음을 참고 있지는 않은지

당신이, 문 밖으로 쫓아버린 여자
당신이, 도시에서 살기 위해서 잊어버린 여자

그 여자, 당신의 일상이 잊어버린, 그러나
어쩌면 당신의 영혼이 아직 기억하고 있을지도 모르는······

너를 닮은, 닮지 않은, 낮은 성당

너를 잃기 위해서만 나는 너를 사랑한다
너를 부수고, 네가 무너진 자리에서, 너를 닮은,
그러나 동시에 너를 닮지 않은, 세계이며 반세계인
낮은 성당을 세우기 위해서만

네 눈빛, 어느 순간인가, 내 육체의 모든 기억을 관통
하며,
그것의 참혹한 역사와 두께를 꿰뚫으며, 내 육체를
가장 아름답게 솟아오르게 했던, 하는, 할, 네 눈빛

실존의 지평을 낮게 낮게 핥으며 내 두께의 모든 저항
을
견뎌내며 참을성 있게 나를 비우는 네 눈빛

세계 안의 너를 거쳐 나에게 건너오는
참혹하게 아름다운 숨겨진 불의……
"나는 나다"라고 말하는 불의……

나는 그것을 가만히 바라보며 생을 견딘다 믿으며 기다
리며
너를 버리는 순간 나도 잔인하게 죽여 그 자리에 버리

리라
　사랑이 홀로 일어나 제 길을 가게 하리라

침묵, 바닷가에서 주운 칼날

나는 이제 망설이지 않는다
때가 되었다는 것을 알아차렸으므로
나는 내면의 신전에 내려갔었다
신탁은 분명했다 그것은 쓰여진 글자였다, 이번엔

당당하라, 너를 죽여라, 그리고 너 자신이 되어라

나는 거대한 침묵에 휩싸여 무섭게 조용해진다

어제 새벽에 내가 찾아갔던 푸르고 검은 바다,
바닷속 어느 숨겨진 지역에서 낮게 빛나는
적의에 가득 찬 빛의 아름다움에 놀라서
나는 맨발로 모랫벌을 오랫동안 헤매어다녔다
무엇인가가 내 발을 찔렀고, 나는 그것이
녹슨 칼날들이라는 것을 알아차렸다
그것들을 주워 가슴에 품고 집에 돌아왔다

어제 오후 무렵부터 명치끝이 뻐근히 아파왔다
나는 알고 있었다 칼들이 가슴속으로 천천히
그러나 명확하게 파고 들어가고 있다는 것을
그리고 내 가슴 어느 오래 된 지역에선가

녹이 씻겨나가고 새파란 제 색깔을 회복하고 있다는 것을
오늘 밤, 보름달이 뜨고,
그것들 달빛 아래에서 신성한 푸른 빛으로 날카롭게 벼
려진다

나는 더 이상 흔들리지 않는다
흔들림으로 흔들림을 다스리는 방식을 익혔으므로
나는 흔들리는 연약한 내 안에서 단단하다

나는 사물들의 뿌리에 나의 쇠붙이를
가만히 가져다놓는다

그리곤 낮게 배를 깔고 바라본다
그것들 체계의 사이와 사이를 조용조용
그러나 날렵하고 가볍게 헤집고 다니는 것을
그리고 제3의 형식을 만들어내는 것을

꿈꾸는 자들은 다른 방식으로 진화한다

바보, 심연을 건너다

(어둡고 좁은 방)

왼손 글씨를 쓰는 여자

방 저쪽의
육중한 갈색 오크 문이 빠끔히 열리고
검은 옷을 입은 여자가 들어온다

여자는 망설이지도 않고
척척 방안으로 걸어 들어온다
여자가 방 한가운데쯤 왔을 때
그 여자와 똑같은 뒷모습의 여자
그 여자를 향해 척척 걸어간다

두 여자의 빠른 오버랩
몇 번씩 되풀이된다

(밤, 바닷가, 부두)

왼쪽의 반쪽 잘려진 남자의 실루엣
오른쪽의 반쪽 잘려진 여자의 실루엣

뒷모습

두 사람의 어깨 사이로 부두 끝에 세워진
환하게 불 밝힌 4층 건물이 보인다

남자와 여자가 마주 보고 손을 잡는다

건물의 전등들이 스파크를 일으키며
화려하게 명멸하고, 집이 폭발한다

동터 오는 바다 저 멀리에서
작은 배 한 척이 부두를 향해 미끄러져 들어온다

그리고 다시 가을이 왔다

그리고 다시 가을이 왔다

핏줄, 이라고 생각했었다, 그때
핏줄, 이라고, 가을이
내 핏줄 곁에 와서 가만히 눕는다고

그러면 내 존재가 다

다

흩어진다고, 맑은…… 하늘……
저…… 너머로……

내가 이 세상에 오기 전부터
알아들었던 근원적인 떨림이

내 안에서, 가을에, 참을 수 없이, 회복된다고
핏줄, 이라고 생각한다, 지금도
핏줄, 이라고, 가을이
내 핏줄 곁에 와서 가만히 눕는다고

슬픔의 바다

슬픔의 바다

난 내가 혼자 건너가야 할 이 생의 바다를 그렇게 불러요
슬픔 또는 내가 할 수 있는 바의 다함의 바다라고

이젠 알아요 왜 당신이 그토록 내 눈앞에
완강히 옆모습으로만 나타났던지

그것이 운명이 내게 던진 도전의 기호라는걸

한때는 당신이랑 같이 그 바다를 건너가고 싶었어 정말
로 간절히
이승에서 그저 한 여자와 한 남자가 만나듯이 그렇게

이젠 알아요 내가 이 바다를 혼자 다 건너야 저 건너에서
얼굴과 얼굴을 마주하듯이 당신을 만나리라는걸
내가 나의 당신을 여의어야 그의 당신을 얻는다는걸

거기 그의 땅에 한 송이 꽃이 아니라 천만 송이로 피어
있는 당신을
내가 나로 가지리라는 걸 이 생에서 오래 참고 오래 기

다린 뒤에
  이 슬픔의 바다를 다 건넌 뒤에 그때에 내가 진실로
  사랑을 알게 되리라는걸

추천 우수작

나희덕

부패의 힘 외

1966년 충남 논산 출생
연세대 국문과 졸업
1989년 《중앙일보》 신춘문예로 등단
시집 《뿌리에게》·《그 말이 잎을 물들였다》 등

부패의 힘

벌겋게 녹슬어 있는 철문을 보며
나는 안심한다
녹슬 수 있음에 대하여

냄비 속에서 금세 곰팡이가 피어오르는 음식에
나는 안심한다
썩을 수 있음에 대하여

썩을 수 있다는 것은
아직 덜 썩었다는 얘기도 된다
가장 지독한 부패는 썩지 않는 것

부패는
자기 한계에 대한 고백이다
일종의 무릎 꿇음이다

그러나 잠시도 녹슬지 못하고
제대로 썩지도 못한 채
안절부절,
방부제를 삼키는 나여
가장 안심이 안 되는 나여

고통에게 1

어느 굽이 몇 번은 만난 듯도 하다.
네가 마음에 지핀 듯
울부짖으며 구르는 밤도 있지만
밝은 날 유리창에 이마를 대고
가만히 들여다보면
그러나 너는 정작 오지 않았던 것이다.
어느 날 너는 무심한 표정으로 와서
쐐기풀을 한 짐 내 앞에 내려놓고 사라진다.
고통은 쐐기풀로 열두 벌의 수의를 짜는 일이라고,
그때까지는 침묵해야 한다고,
마술에 걸린 듯 수의를 위해 삶을 짜깁는다.
손 끝에 맺힌 핏방울이 말라가는 것을 보면서
네 무심한 표정 속의 폭풍을 읽기도 하고,
때로는 봄볕이 아른거리는 뜰에 쪼그려 앉아
너를 생각하기도 한다.
대체 나는 너를 기다리는 것인가.
오늘은 비명 없이도 너와 지낼 수 있을 것 같아
나 너를 기다리고 있다 말해도 좋은 것인가.
제 죽음에 기대어 피어날 꽃처럼, 봄뜰에서.

만삭의 슬픔

낙산은 더 이상
해를 품은 바다가 아니었다
사하촌에는 낮도 밤도 사라져버려
추락하기 위해 돌아가는 바이킹 소리와
잠들지 않는 사람들,
나를 위해 남겨진 방조차 없었다
만삭이 된 슬픔의 배를 안고 내가 찾아든 방은
낙산에서도 아주 멀리 떨어진,
해도 영영 비칠 것 같지 않은 작은 방이었다
이불을 펴고 누우니
어떤 사람 어떤 시름이 누울 자리도 없이
방이 꽉찼다, 다행이었다
무덤 속인 듯 자궁 속인 듯
그 방은 내 슬픔을 분만하기 위한 마구간이었다
그 방은 나를 잉태하기 시작했다
흘러나오는 슬픔에
방은 점점 좁아들고 천장은 낮게 가라앉았다
나는 천천히 눈을 감았다
멀리서는 아직 지상의 소리들이 들려오고 있었다
방이여, 내 위에 따뜻한 흙을 덮어다오
낙산이여, 그만 무너져다오

나를 안아다오

黃砂 속에서

놀고 들어온 아이가 양말을 벗으며 말했다

―아빠가 불쌍해요
―왜, 갑자기?
　아빠는 죽어가고 있잖아요.
―대체 무슨 소리야?
　누구나 나이를 먹으면 죽는다는데
　아빠 우리 중에서 제일 나이가 많으니까요.

양말을 뒤집어도 바지를 털어도 모래투성이다
아이는 매일 모래를 묻혀 들어온다
그리고 모래알보다 많은 걸 배워서 들어온다

사람은 죽어가는 게 아니라구,
살아가는 거라구,
밥을 안치면서 나는 말하지 못했다
젖은 쌀알이 모래처럼 서걱거렸다

아이가 묻혀 들어온 모래를 쓸어담으면서
다 쓸어담지도 못하면서
이미 어두워지기 시작한 창 밖을 본다

간신히 가라앉은 모래를
바람은 또다시 일으켜 어디론가 쓸고 간다

계산

계산을 하지 말고 살아야겠다
모든 계산은
부정확하지는 않아도
불가능한 거라는 생각이 든다
계산을 하는 동안에도
자본은 운동을 멈추지 않기 때문이다
지금 이 순간에도
어느 구좌에선가 이자가 올라가고 있고
수수료와 세금과 연체료가 빠져나가고 있고
나도 모르는 사이에
나의 재산은 불어가거나 녹아가고 있다
모든 존재는
언덕 아래로 굴러내리는 눈덩이와 같으니
모든 계산은
그 눈덩이의 지름을 재는 일과도 같다
계산을 한다는 것은
순간을 환산할 수 있다는 믿음처럼
영원을 측량할 수 있다는 장담처럼
어리석은 일, 계산을 마치는 순간
그 수치는 돌덩이가 되어 나를 누르고
구르는 동안 욕망의 옷을 입기 시작할 것이다

부디 계산을 마치지 말자
그래도 우리는 그 위에 꽃피우며 잘도 산다
돌 위에 뿌리내린 풍란처럼
아슬아슬하게, 그러나 제법 향기롭게

산욕기

자궁은 작아져 몸 속으로 숨어들었다
머릿속도 텅 비워졌다
읽지도 쓰지도 않았다
흩어진 뼈와 살이 제자리를 찾을 때까지
그저 눕거나 앉아 있었다
누워서 지나간 날들을 떠올렸다, 아니,
떠올리기도 전에 기억들은
공중으로 솟구쳤다가 사라지곤 했다
기억의 되새김질은
고통을 순하게 만들어주었다
기억을 바닥내버리려고
종일 한 가지 생각만 하기도 했다
만질 수 없는 곳으로 숨어든 자궁,
그러나 자궁이 비워진 후에도
滿開의 흔적은 뱃가죽 위에 남아 있다
짐승에서 다시 인간이 되어가는
고요의 숲을 거쳐
다시 세상 속으로 숨어든 후에도

그러나 흙은 사라지지 않는다

학교를 떠났다기보다는
그 공터를 떠난 거라고 말하고 싶다
교사 뒤켠 버려진 공터가
나를 숨쉬게 하고 견디게 했기에
앉은뱅이걸음으로 드나들며 열두 계절을 보냈다
뿌리지 않아도 돋아나는 싹을 바라보며
내가 뿌린 인간의 씨앗들을 떠올렸고
민들레 흰 솜털을 털어내며
그렇게 가볍고도 촘촘한 목숨의 길을 생각했다
키를 넘는 수풀, 그 무성함이
소멸을 향한 빠른 걸음이 아닌가 싶어
젊음이 지나가는 속도가 와락 두려워지기도 했다
포물선을 그리며 튀어오르던 메뚜기들을
가늘게 뜬 눈으로 바라보던 가을날도,
웅웅거리며 묻고 있는 눈보라에게
쉽게 대답할 수 없던 겨울날도 다 지나갔다
내가 떠나도 공터는 남으리라
생각했는데, 공터가 나와 함께 사라졌다
내가 짐을 꾸리는 동안
포크레인은 지나간 날들을 파내려갔다
공터는 사라졌다

그러나 흙은 사라지지 않는다
구덩이가 깊어질수록
그 옆에는 작은 산이 하나 자라났다
패이는 것과 쌓이는 것 사이에서
그러나 흙은 사라지지 않는다
저 흙더미도 가져가리라
티끌과도 같은 날들이 먹구름으로 밀려온다

추천 우수작

남진우

겨울 저녁의 詩 외

1960년 전북 전주 출생
중앙대 문예창작과 졸업
1981년 《동아일보》 신춘문예에 시가,
1983년 《중앙일보》 신춘문예에 평론이 당선되어 등단
시집 《깊은 곳에 그물을》·《죽은 자를 위한 기도》 등
평론집 《바벨탑의 언어》·《신성한 숲》 등

겨울 저녁의 詩

1
저녁마다 우리 집엔
안개와 함께 낯선 손님이 찾아온다
허름한 옷차림의 그는 먼 나라의 이상한 소식을 하나씩
전해준다
철새들이 가로지르는 텅 빈 하늘엔 간혹
사랑하는 이의 죽음을 알리는 상형문자가 나타났다 사
라지고
지평선은 푸르름을 지우며 조금씩 가라앉는다
그가 잔잔한 음성으로 말한 것들이 모두 땅거미 속으로
스며들고 나면
아무도 없는 집은 정적으로 붐빈다

2
겨울, 대지의 관이 닫힌다
서리 내린 길 위를 허기진 개들이 어슬렁거리고
해시계는 더 이상 마을로 가는 길을 가리키지 않는다
죽은 자의 눈꺼풀을 쓸어내리며 다가오는 빙하기의 어
둠
흰 눈송이들이 몰려와 내 의식의 빈터에 쌓이는
밤

나는 유리창 옆에 서서
어둠 저편에서 나를 기다리고 있는 그를 지켜본다.

멀리 먼 곳에서

죽음은 멀리서 온다
멀리서
아주 먼 곳에서 그는 어둠을 데리고 온다

일순,
조용하던 마을에 갑자기 개가 짖기 시작하고
바람이 유리창에 모래와 먼지를 끼얹는다
죽음은 이미 현관을 지나
계단을 오르고 어느덧 문 앞에 와 있다

멀리서 온 죽음은
검은 가방에서 두툼한 서류를 끄집어낸다
오 내가 지불해야만 할 저 미지의 청구서들

죽음은 내 눈을 감기고
내 입을 틀어막고 가냘픈 숨결을 마저 불어 끈다
차디차게 식어가는 내 몸을 떠메고 이 밤
죽음은 다시 먼 길을 떠나리라

문이 닫히고
불이 꺼지고

누군가 소리 없이 내 곁에 다가왔다
물러나는 기척

이 밤
벌판의 끝으로
불빛 한 점 가물거리며 멀어져가고 있다.

창가를 맴도는 파리 한 마리

벌인가 싶어 고개를 들자
창가를 맴도는 파리 한 마리가 눈에 들어왔다
제딴에 제법 붕붕 소리를 내며 파리는
이중의 유리벽 사이에서 출구를 찾고 있다

테이블 위에 올려진 몇 권의 책
컴퓨터 자판
빈 찻잔 사이로 무심히 바라본 유리벽
그 틈새에서 파닥거리며 연신 붕붕거리는
저 파리 한 마리

지금 애타게 창가를 맴도는 저 파리는
투명한 벽을 밀어젖히는 순간 뒤도 돌아보지 않고
훌쩍 다른 세계로 건너가버릴 것이다
내 머릿속을 떠도는 글자들이 일제히 빨려들어가는
컴컴한 어둠 저편, 커서의 깜박거림도 그친
침묵의 세계로

내 시선이 파리의 움직임을 따라
유리벽의 이쪽과 저쪽을 오가는 동안
창 밖의 거리엔 눈부신 꽃이 피어나고 유모차를 미는

젊은 여자가 지나가고 얼핏 골목을 돌아가는
바람의 서늘한 뒷모습이 보이기도 했다

나른한 햇살에 취해
알맞게 데워진 유리벽 사이 좁은 대기를 저공 비행하면서
한세상 저렇게 붕붕거리다 가면
그것도 나름대로 황홀한 생이 아닐까

생각하며, 고개를 돌리는 순간
컴퓨터 화면 속의 글자들이 일제히
내 눈동자 속으로 뛰어들 채비를 하고 있다

자정

밤
몸 속에 저장된 석탄이 조금씩 녹아내려
바깥으로 새어나온다

납골당처럼 텅 빈
내 두개골에 음울하게 와 부딪는
조종 소리

정오, 허공에서 반짝이는 새 울음 소리

새가 사나워지는 것은
내 피가 점점 뜨거워지기 때문이다

새가
하늘 높이 솟아오를수록
내 피는 조금씩 말라간다 이윽고
새가 시선을 끊어버린 채
허공 깊숙이 증발해버리면
나는 내 피의 넝쿨 가득히
환한 죽음을 꽃피운다

불면

모래시계 속에서
모래 대신 내 핏방울이 떨어지고 있다

너무도 선명한
핏방울의 초침 소리가
낭하를 울린다

점점 조여드는 투명한 벽 한가운데
나는 누워
내 심장에 쌓인 모래가 조금씩 줄어드는 것을
그래서 온몸이 연기처럼 푸르러지는 것을
바라보고 있다

마지막 핏방울이
톡
내 이마를 두드리며 떨어져내린다

밤의 방주

폭풍우치는 밤
집 앞에서 너는 문을 두드린다
두드리는 소리 적막한 대기 속으로 울려퍼져도
집 안에선 아무 움직임도 들려오지 않는다
비바람은 더욱 거세게 네 몸을 휩싸고 돌고
네 손바닥이 완강하게 닫힌 철문을 내리칠 때마다
갈라진 살갗 사이로 피가 번져나온다

모든 것이 짓이겨진 채 쓸려나가는 도시 한복판
피는 끊임없이 흘러내려 어두운 거리를 적시고
한 번씩 치는 소리가 날 때마다
집 안에 밝혀진 불이 차례로 꺼진다 처음엔 현관이
이어서 거실이, 다시 침실이, 마지막엔 지하실과 다락
까지
온 집이 괴괴한 어둠에 파묻힌다

어둠 속의 저 방주는
동이 틀 무렵 어디로 출항하려고 저렇듯
지붕을 날카롭게 치켜올리고 있는 것일까
번개가 번쩍거리며 유리창을 가로지를 때마다
커튼 사이로 일순 나타났다 사라지는

저 침울한 그림자는 누구일까

폭풍우치는 밤
캄캄한 어둠 속에 입벌리고 서 있는 집 앞에서
너는 피투성이가 되어 쓰러지고
끝내 문은 열리지 않는다

추천 우수작

유안진

신경통 외

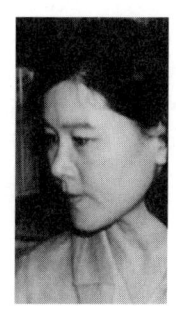

1941년 경북 안동 출생
서울대 사범대 및 동 대학원 졸업, 문학박사
1965년 《현대문학》으로 등단
한국펜문학상 수상
시집 《달하》·《절망시편》·
《구름의 딸이요 바람의 연인이어라》·《누이》 등
소설집 《바람꽃은 시들지 않는다》·《땡삐》 등
현재 서울대 아동학과 교수로 재직중

신경통

낙엽 좋은 가을 오후
가다 말고 되돌아오자니
무릎정강이 뼛골 속에서
귀뚜라미가 울어쌓습니다

소리꾼 그이가
혼신으로 불러제끼는
목메인 이별가

찔룩찔룩 걸음으로
엇쑤 얼쑤 추임새를
나도 메겨
우웁니다.

홍시감

꽃필 적부터
내 눈빛 받아받아
자알 크더니
포동포동 살도 찌더니

너무 자주 바라봤나
너
하마
고롱꼬롬 수집음 타다니—.

절망에게

검푸른 어둠
그 먹물 속에서
어여 나오기나 헤어봐아
먹향기 진동할 거야
묵란(墨蘭) 한 대궁 솟아 필 거야
눈 오신 이 겨울이
한 장 화선지로 기다리고 있잖냐아.

인사말

겨우 내내
버티며
견디며
배겨내면서
닫고 닫았다가
입은 꽁꽁 얼어붙었다

그래도
자비하신 우연(偶然)으로
다시 마주치며는
부우헝!
한마디만 울게.

무지개

'심중에 남아 있는 말 한마디는
끝끝내 마자 하지 못하였구나'

아랫입술 쥐어뜯어 가며
돌아오고 마는
닭똥눈물길에

이 멍텅구리야! 하고
전봇대가 대신 갈겨줬다
따귀 한 대 멋드러지게
모란꽃잎 피멍자죽

무지개 꼭지 하나
귀쌈에서 일어섰다.

옹이

보석이 된다쳐도
舍利가 된다쳐도 싫다
시도 때도 없이 저리고 쑤시는 통증

오기든
집념이든
억하심정이든 간에
나가다오 제발
비무장 지대의 바람결같이
맑고 투명하고 자유롭고 싶어야.

苦像

돌아갈 고향은
임하댐 속에 수몰되어 자취도 없고

사람을 믿은 부질없음과
그래도 믿고 싶은 슬픈 어리석음과
세상 것을 사랑한
덧없음이여 속절없음이여

이 많은 잘못 잘못투성이 나를
대못에 꿰인 채로 기다리시다니요.

당신만이 나의 옳은 선택이십니다
당신을 사랑해온 일만이
칭찬받을 짓입니다
울음 터질 벅찬 자랑이십니다.

추천 우수작

정해종

아프리카 페어를 위하여 외

1965년 경기도 양평 출생
추계예대 문예창작과 졸업
1991년 《문학사상》 신인발굴 당선으로 등단
시집 《우울증의 애인을 위하여》
현재 중앙대 예술대학원 재학중

아프리카 폐어를 위하여

심호흡 한번 크게 하고 땅속을 파고들어
한 이태쯤 늘어지게 잠이라도 자고 싶다
부질없는 욕망들 다 게워낸 다음
심장의 박동을 멈추고, 깊은 어느 지층
딱딱한 유선형 흑벽돌로 박히고 싶다
잠시 이승을 베고 누운 내 몸 위로
세상을 흔들며 들소떼가 달려가고
그 뒤를 사바나 푸른 초원을 휩쓸며
해일 같은 불길이 쫓아가고
밀렵꾼이 목을 축이며 지나가고
반정부군의 낡은 지프가 지나가고
내전이 지나가고, 꿈이 지나가고
개 같은 날들이 지나가고
덜 익은 희망이 지나가고
철없는 사랑이 지나가고
널 몹시 아프게 했던 상처가 지나가고
최루탄과 화염병이, 욕설과 연민이,
권태와 욕정과 술주정이 지나가고
행렬과 이탈한 난민들이 지나가겠지
더 오랜 시간이 흐른 뒤엔
쥐라기 이전부터 앓아온 열병의

유전자는 플랑크톤이 되고
고독은 화석이 되고
의식은 호박 속에 갇히겠지
우기가 시작되면
풀리는 진흙 속에서 나는 눈뜨겠지만
이 폐허의 수심을 떠나진 못하리라
폐허……, 폐— 하고 발음했을 때
터져나오는 그 파열음의 허무를,
파열하는 허무를, 허무의 파열을
썩어가는 폐를 가진 자들은 안다

근황

말해다오
오래 전에 잊혀졌던 여자가 찾아와
알 수 없는 눈물을 뿌리고
그 눈물의 의미도 깨닫기 전에
끝이 보이지 않는 먼 길을 돌아서 갈 때
가을이 시작되었노라고,
계절이 와장창 무너져내린 성곽
죽은 매미들의 사해가 으적으적 밟히는
그 길 위를 지금도 배회하고 있노라고,
한 사람이 지나간 흔적을 더듬다 문득
사라져가는 것들의 헤아릴 길 없는 마음이
턱밑까지 차올라 세상 가장 깊은 곳까지
가라앉고 싶었노라고, 말해다오
어디로든 돌아가고 싶은 이 저녁
이정표 없는 길 위로 해가 저물 때,
돌아갈 곳 없는 사람이 만드는
긴 그림자의 끝을 밟고 내가 서 있을 때,
사라져가는 것들 더 멀리 가도록
남아 있는 것들의 풍경 속에서
고사목처럼 삭정이 같은 마음이
뚝, 뚝 부러지는 소리를 듣고 있었노라고,

죽음이 좀더 가까이 다가오고
삶이 조금 더 멀어져갔을 때
그리하여 삶이 죽음과 더불어
나를 바라보고 있을 때, 그 망연한 눈길처럼
가을이 다 지나갔노라고……,
그리고 안부 전해다오

엑스트라

그냥 지나가야 한다
말 걸지 말고
뒤돌아보지 말고
모든 필연을
우연으로 가장해야 한다
누군가 지나간 것 같지만
누구였던가에 관심 두지 않도록
슬쩍 지나가야 한다
중요한 것은 그 누구의 기억에도
남지 않아야 한다는 것이다

그냥 죽어야 한다
경우에 따라선
몇 번을 죽을 수도 있지만
처절하거나 장엄하지 않게
삶에 미련 두지 말고
되도록 짧게 죽어야 한다
잊지 말아야 할 것은
그 죽음으로
살아남은 자의 생이 더욱
빛나야 한다는 것이다

인생이란 배당받는 것이다
주어진 생에 대한 열정과 저주,
모든 의심과 질문들을 반납하고
익명의 정신으로 무장해야 한다
대개의 사람들이 그렇듯
세상을 한번, 획―
사소하게 지나가야 한다
다시 한 번 말하지만 끝끝내
우리는 배경으로 남아야 한다

난해한 주파수

耳鳴이 시끄러워 잠 못 드는 밤
돌아보면 무엇도 보이지 않는데
누구의 메시지길래 이렇게 다급한가
깊은 밤, 날 불러 자리에 앉히고
전언은 끝내 해독되지 않는다

밤마다
선인장이 우주의 또 다른 식물과
교신을 했다는 게 믿어지지 않는다
그때마다 한번씩 사막이 출렁였다는 게
아무래도 믿겨지지 않는데
이건 또 누구로부터의 호출이길래
이다지도 은밀한가

난해한 주파수
쓰린 속처럼 풀리지 않는 것들이 있다
가령, 세상은 엉킨 실타래처럼 풀리지 않고
지이직— 내 삶은 자주 혼선된다
누구 하나 날 부를 리 없는 깊은 밤
세상천지에 숨소리 하나 들리지 않는데
내 몸 속엔 밤마다 나를 깨우는 귀뚜라미가 산다

거리에 묻다

번번이 대답 한번 못하면서
십 년 세월 들어온 질문 하나
지금도 길을 걷다보면 다가와
도에 관심 있으시냐고 묻는
핼쑥한 초면의 사내들
刀?……아, 道!
처음엔 왜 그게 刀로 들렸을까
도를 닦으라는 게
왜 칼을 갈라는 소리로 들렸을까
묻는 쪽이나 피하는 쪽이나
한결같고 집요한,
검부연 안개 낮게 깔리는 오후의 종로
도를 닦든 칼을 갈든 집요하지 않으면
견딜 수 없을 것 같은 날들이다
왜 나는 십 년 가까운 세월을
지금 바빠서……라고만 대답해왔을까
얌전히 일에 몰두하다 퇴근 시간이 되면
나도 표정을 바꾸고 거리로 나가고 싶다
道든 刀든, 죽음이든 삶이든 알 바 아니라는
저 무표정한 얼굴들 중 하나를 골라
슬며시 옆구리에 칼을 들이밀고 싶다

너, 죽음에 대해 관심 있냐?
뭐……지금 무지하게 바쁘다고?
無知하게?

방전하는 밤

틀림없이 걸어잠그고 누웠는데
누가 내 의식의 빈틈을 기어들어와
수도꼭지를 비틀어놓았는가
수챗구멍으로 물 빠지는 소리 들려오고
밤새 꿈이 젖고 몸이 젖는다

가만있으면 무언가 자꾸 빠져나간다
머리통에서 머리털이 빠져나가고
두개골에서 기억이 빠져나가고
팔뚝에서 힘이 빠져나가고
혈관에서 피가 빠져나가고
뼈대에서 칼슘이 빠져나가고
술이라도 취해 정말 맘놓고 잠들었다간
하루 아침에 산송장이 되리라

누군가 내 꿈속에 제집처럼 드나든다
텅 빈 속이 간밤을 의심하는 아침마다
꿈은 빛에 드러난 필름처럼 녹아내리지만
누구의 것일까, 채 지워지지 않고
남아 있는 저 발자국

산체스 일가의 저녁 식탁

아이들은 자라서 공장으로 간다
더 자라서는 외지로 나가게 될 테지만
그 전까지는 극장이 있는 뒷골목으로 가서
술에 취해 패싸움을 벌이기도 하고
어설픈 연애를 하기도 하고
이따금씩 외박을 하기도 한다
어제는 일찍부터 화장을 배운
딸년 하나가 들어오지 않았고
제일 큰 사내놈이 곱슬머리 여자애를
하나 꿰차고 들어왔다

마른 빵과 식어가는 수프가 놓여 있는
산체스 일가의 헐거운 저녁 식탁
막연한 희망과 구체적인 절망 사이로
떨어지는 눈물 한 방울이 있었다
눈물겨운 이 희망에 대한 믿음을
끝끝내 버리지 않게 하소서, 아멘—

* 산체스 : 영화 〈산체스의 아이들〉에서 빌려온 이름.

기수상 작가 우수작

오세영

오아시스 모텔에서 하룻밤을 외

1942년 전남 영광 출생
서울대 국문과 및 동 대학원 졸업
1965년 《현대문학》으로 등단
소월시문학상 · 정지용문학상 · 녹원문학상 수상
시집 《눈물에 어리는 하늘 그림자》·
《어리석은 헤겔》·《불타는 날》 등
현재 서울대 국문과 교수로 재직중

오아시스 모텔에서 하룻밤을

라스베이거스의
라스베이거스 블레바드엔 사하라 호텔이 있고
사하라 호텔 곁에는 오아시스 모텔이 있다.
갈 때 하루 숙박료 52달러가
돌아올 때는 125달러,
토요일이기 때문—.
다른 곳을 몇 군데 둘러보고 다시 오니 그 사이
오른 요금 143달러,
5분 지나 밤 9시부터는 160달러이니
빨리 결정하란다.
비싸다며 깎아줄 수 없느냐니까
한마디로 그의 대답
'No!, reasonable.'
한국인이라면 '적당한'이라는 단어를 쓸 곳에
'합리적'이라는 말이 튀어나온다.
적당히 봐주고 적당히 넘기고 적당히 덮어두는
그 '적당'이 아니라
앞뒤를 따져 이치에 맞는 그
'합리'
시간은 금이라는 자본주의의 합리를
오늘 따라 왜 잊고 있었던가.

사하라 사막의 오아시스에서는 때론 황금이
물보다 귀치 않다고들 하지만.

  * 미국인들은 '적당한 가격'이라는 말을 쓰지 않고 '합리적인 가격'
이라는 말을 쓴다.

애본에서

셰익스피어의 고향
스트래트 포드에 있는 시내가
여기에도 있구나.
몬태나 주 푸른 초원에 졸졸 흐르는 맑은 개울
애본*,
집 서너 채
별볼 것이 없지만,
개척시대 청교도가 세운 낡은 교회 하나가 있지만
낮에는 들의 수선화가 아름답고
밤에는 은하수가 더 맑게 빛나는
애본,
그 애본 강가 애본 마을 애본 모텔에서
오늘은
시속 70마일의 속도를 멈춘다.
어디 가는 길인지요?
별들이 너무 아름답군요.
텁석부리 40대 초반의 주인은
하버드 대 영문학 석사,
일찍이 문학을 버리고 현실을 버리고 인간마저 버려
꽃과 별과 새들과 함께 산다.
해는 왜 뜨는지, 별은 왜 반짝이는지,

꽃은 왜 피는지는
세상이 그의 몫으로 남겨놓은 숙제,
버너로 갓 끓인 찌개에 소줏잔을 함께 나누며
애본에서 보는 별은 더 맑아 더
슬프다.
내일은 또 어디로 갈 것인가.
셰익스피어의 고향 애본을 떠나서
다시 달려야 할 시속
70마일의
삶.

　　* 애본(Avon) : 몬태나 주에 있는 작은 마을. 영국의 셰익스피어 고
향에도 동명의 강이 흐르고 있음.

항구 난트켓

난트켓*은 항구다.
추억에 산다.
예전처럼
떡 벌어진 어깨에 불거진 근육의 사내들도 없고,
그 사내들이 내지르는 휘파람 소리도 없고,
그 휘파람 소리에 들떠
머리에 석류꽃 꽂고 모여들던
처녀들도 없다.
난트켓은 항구다.
바람은 지금도 대서양 쪽에서 불어오고,
조류는 여전히 카리브 해로 흐르고
황금빛 너울은 수평선 너머 멀리
가물가물 손짓하지만
이제 아무도 바다에 나가지 않는다.
한때 고래의 심장을 겨누던
은빛 작살과
힘의 긴장으로 반동하던 밧줄의 치차는
박물관 전시대에서 녹슬 뿐인데
난트켓은 항구다.
폐선이 되어 선창가에 묶인 배.
그 포경선의 갑판에는 이제 사내들이 음식을 나르고

처녀들은 술을 판다.
고래가 사라진 난트켓은
에이허브도, 이스마엘도 없는
목포처럼 그저 항구다.
추억에 산다.

＊ 난트켓(Nantucket) : 매사추세츠 주의 대서양 연안에 떠 있는 섬.
그리고 그 섬에 있는 동명의 항구. 19세기 미국의 고래잡이 기지로 유
명했다. 허먼 멜빌의 《모비 딕》의 배경이 됨.

블루스

마음이 슬플 때는 가세요. 남쪽 나라,
애슈빌 지나 내슈빌 지나
미시시피 강가의 작은 마을
클락스데일*로 가세요.
거기 가면 아무데나 이발소 찾아
귀밑머리 가지런히 다듬으세요.
이발사 아가씨의 검은 눈 속을
말없이 말없이 들여다보면
그 슬픔 소리 없이 빨려가리다.
마음이 아플 때는 두 눈을 감고
이발사 아가씨의 기타 소리에
고즈넉이 낮잠을 청해보세요.
그 아픔 소리 없이 쏠려가리다.
그리고 살며시 눈을 뜨시면
코끝엔
아련한 오렌지 향기,
눈썹엔 파랗게 젖은 강바람,
귓불엔 애잔한 블루스 리듬,
당신은 아시나요, 저 남쪽 나라를
유도화, 올리브꽃 향그롭게 핀
미시시피 강가의 작은 마을

애슈빌 지나 내슈빌 지나
블루스의 슬픔 어린
흑인의 땅.

＊클락스데일(Clarksdale) : 미시시피 주 미시시피 강가에 있는 작은
읍. 미국 블루스 음악의 발생지, 가수 내트 킹콜의 고향. 이곳의 이발
소들은 항상 악기를 준비해놓고 손님이 이발을 하는 동안 이발사 자신
이 기타 등의 반주에 맞춰 블루스 음악을 선사함. 윌리엄 포크너의 고
향 옥스퍼드도 지척에 있음.

에너랙시아*

차라리 굶는다.
굶어서 죽는 편이 더 낫다.
사람들은 그것을 다이어트라 하지만
날씬한 몸매를 가꾸기 위해서라 하지만
앙상한 몰골, 퀭한 눈초리를
어찌 아름답다 할 수 있겠느냐.
이 시대의 음식이란 먹는 것이 아니라 먹여지는 것.
뚱보를 만들어내는 사료.
그 사육의 단맛을 끊기 위하여
감옥에 갇힌 우리의 유관순 누나처럼
대마도에 유배된 우리의 최익현 선생처럼
한사코 먹지 않는다.
다이어트란
날씬한 몸매를 가꾸기 위해서가 아니라
자유인이 되기 위해서 하는 것,
울 안의 가축으로 살기보다는
울 밖에서 차라리
굶어 죽는 편이 더 낫다

＊에너랙시아(Anerexia) : 뚱보가 되는 것에 대한 공포감에서 음식 먹
기를 혐오하여 스스로 굶주리는 병. 미국에서는 이 병으로 연간 수만
명이 사망한다는 통계가 있음.

기수상 작가 우수작

이성복

유리창 너머 눈꽃송이 외

1952년 경북 상주 출생
서울대 불문과 및 동 대학원 졸업
1977년 《문학과지성》에 〈정든 유곽에서〉로 등단
소월시문학상 · 김수영문학상 수상
시집 《뒹구는 돌은 언제 잠 깨는가》 · 《남해 금산》 등

유리창 너머 눈꽃송이

1

네 마음속 고운 悲哀 한 필 뚝 끊어서 나를 감싸는 겨울
―미친 바람, 사방을 뒤집으며 미친 바람 앞발을 번쩍 들
었다가 또 내려온다.

손가락을 모아 오므리면 또 한번 주먹 속에 들어오는 無

2

누워 있는 네 눈을 들여다보면서 가만히 네 살에 손톱
자국을 남긴다 거기 읽을 수 없는 글자를 써보거나, 본
적 없는 별자리를 그려보거나 네 살엔 흔적이 없다 너는
벌써 받아 숨긴 것이다. 가만히 손톱으로 네 살을 누르면
서 몇 번의 겨울이 지나고 또 몇 점 눈꽃송이 네 눈으로
내려앉고

3

밤아, 내 흰 피를 받은 밤아 떡갈나무 잎새 하나 물고
요동치면서 기어코 너는 내 흰 피를 받았구나

밤아, 유리에 그어진 칼자국처럼 네 투명한 얼음살에
다시는 부서지지 않을 흔적, 너는 順命하였구나

우록

  십만 원이면 사슴피 한 잔을 마실 수 있다는 우록에 갔
다 동네 테니스회 야유회날이었다 모자를 눌러쓰고 쭈그
리고 앉은 사내들이 운명적인 대어를 꿈꾸는 유료 낚시터
를 지나, 빠듯한 외통수 길을 따라갔다 맑은 물 흐르는
시냇가에는 검은 염소들이 봄풀을 뜯고 있었다 뾰죽한 입
에서 흰 이빨이 빛났다

  마리당 이십만 원에 두 마리를 잡았다고 회장님이 말하
자 모두 기립 박수를 했다 미리 연락받고 상을 차려놓은
터라, 손 씻으려고 수돗가에 갔다 비누와 수건이 놓여 있
는 그곳에 아직 치우지 않은 식칼과 도마가 있었고 군데
군데 염소 수육이 흩어져 있었다 수육의 살점이 성기의
속살처럼 거무튀튀했다

  그날 우리는 해질 때까지 우록에서 놀았다 양념한 염소
고기를 숯불에 구워 뜯으며 흘러간 옛 노래를 힘차게 불
러댔고 노소동락 뚱뚱한 배와 궁둥이를 흔들며 요즘 가수
들의 춤사위를 잘도 흉내냈다 나도 얼마나 흔들어댔는지
예술가는 과연 다르다고 칭찬까지 받았다 염소의 피 냄새
가 입 안에 가득했다

파리

경남 충무나 통영 일대에서는 파리를 '포리'라 한다. '포리', 그러고 보면 파리도 꽤 이쁜 곤충이다 십이월 아파트 실내에 들어온 파리는 쫓아도 날아가지 않고, 날아도 이삼십 센티 앞에 웅크리고 앉아 예의 반수면 상태에 빠져든다

'포리', 여든을 바라보는 아버지는 한사코 택시를 타지 않으신다 마늘이나 곶감이 가득 든 가방을 메고 그보다 더 무거운 사과 궤짝을 들고 두 번 버스를 갈아타고 고층 아파트 아들 집을 찾아오신다 때가 꼬지레한 바바리에 허리 굽은 노인은 예전에 라면이나 찰떡으로 끼니 떼우며 자식 공부를 시켰지만, 취미라고는 별것 아닌 일에 벌컥 화내는 것뿐이다

땅 한 뙈기 없는 집안의 삼대 독자, 백발의 아버지는 이제 할머니 제사 때도 목놓아 통곡하는 일이 없다 헛도는 병마개처럼 꺽꺽거리는 헛기침이 울음을 대신할 뿐, 요즘 아버지는 누가 뭐라 핀잔해도 말이 없고 화내는 일도 없다

'포리', 지난번 묘사 때는 아내와 함께 할머니 산소를 찾아가는데 아버지는 힘이 부쳐 여러 번 숨을 몰아쉬다가 시동 꺼진 중고차처럼 멈춰섰다 아내는 등뒤에서 아버지

를 밀어드렸다 가다가 서고, 가다가 쉬고 얼마나 올랐을
까 산중턱 바윗돌에 앉아 눈감고 가쁜 숨 몰아쉬는 아버
지의 뺨에 거기까지 따라온 파리가 조용히 날개를 접었다

삽화

1

누구라도 앉을 수 있는 자리, 그곳에 처음 네가 들어섰을 때 부서진 네 더듬이 한쪽을 보았다 언제라도 머물 수 있는 자리, 그곳에 처음 네가 앉았을 때 다시는 일어설 수 없을 줄 너는 몰랐었다 물집이었어, 그날 불길이 스쳐지나간 내 등허리에 부풀어오른 너는 물집이었어

2

그날 네가 맨 처음으로 내 삶에 내려앉은 건 미처 한쪽다리가 펴지지 않아서였는가 아직 잎새 돋지 않은 삶의 한쪽 가지가 흔들리면서 난 너의 전신을 받았다 살붙이여, 잦은 흔들림 외의 다른 살이 없을 때 소금쟁이 떠 있는 水面의 안간힘으로 나는 너를 견뎠다, 피붙이여

3

내가 더는 너의 체온을 견딜 수 없을 때 내 삶은 휘어지기 시작했다 언제부턴가 너는 내 꿈꾸던 한 점 푸른 잎새였다 죽음을 느낀 한 잎푸른 잎새가 위태롭게 내 핏줄 끝에 매달렸다 그제서야 길게 자란 내 머리카락이나 깎지 않은 손톱 끝에서 맑은 피 흐르는 소리 들렸다

4

끊어지리라, 왜 몰랐던가, 부서지리라, 네 잘못이 아니었다, 갈라 터지리라, 때묻은 붕대를 풀고 내 惡을 보여줄까, 네가 날 보고 싶어했니? 나는 너를 피했다, 네가 날 찾아왔을 때 손바닥으로 내 얼굴을 가렸다, 뛰어내려! 벼랑에서 힘껏 너를 떠다밀었다, 아무도 보지 못했다

5

내가 너를 떠밀었으므로 마침내 너는 하늘 끝에 매달렸다 너에게 묻은 내 더러운 피는 하늘길을 더럽혔다 그리고 이젠 저를 기억하지 못하는 자줏빛 꽃 하나 내 눈 속에 피어났다 아무리 잘라도 끊어지지 않는 억센 뿌리는 때로 기억의 항아리를 부수고 나의 삶을 휘감는다

6

한번 물 위를 스치다가 영원히 내 눈에 붙들린 새의 이름을 나는 모른다 기억 없는 밤마다 내 눈과 눈썹 사이 스쳐 날으는 새의 일생을 나는 모른다 그러나 이따금 거울 속 내 벗은 몸에서 아픈 새의 날갯죽지를 보기도 한다 어쩌면, 한번 솟구쳐오르다 멎어버린 파도였던가

제12회
소월시문학상 수상작품집

수상 소감

■

문학적 자서전

■

내가 본 김용택

■

김용택의 시세계

시의 길과 인간의 길이 하나임을 믿으며

저는 이 자리에서 그 어떤 결심도 또 다짐도 약속도
문학적인 그 어떤 주장도 할 수 없음을 알고 있습니다. 시의 길과
인간의 길이 하나임을 믿으며 그저 살아온 것처럼 살겠습니다.

김 용 택

▶ 나를 키워주고 가꾸어준 섬진강변 진메마을

저는 제가 태어나고 자라 지금까지 50여 년을 살아왔던
섬진강변 진메마을과 덕치초등학교를 떠나와 있습니다.
오랜만에, 실로 오랜만에 저는 낯선 객지에 와 있는 셈입
니다. 그렇다고 섬진강변을 멀리 떠난 것은 아니고 바로
이웃 면인 섬진강댐 호숫가에 있는 덕치초등학교보다 절
반도 더 작은 분교에 와 있습니다.

지난 3월 초 제가 이 작은 분교로 부임해왔을 때 저는
몸도 마음도 어디에다가 둘지를 몰라 몹시도 당황하고,
그리고 그 당황함에 놀랐습니다.

저는 쉬는 시간이면 학교 바로 뒤에 있는 소나무들이
빽빽히 우거진 숲속을 거닐곤 했습니다. 아니 거닐었다기
보다 헤맸다는 말이 적절할 것입니다. 그 심정을 저는 나
중에사 깨달았습니다. 거기는 50여 평생 날이면 날마다
제 눈에 보였던 진메마을의 강줄기와 산의 모습이 아니었

고 이날 이때까지 보아왔던 마을 사람들이 아니었다는 것을, 제가 평생을 보아왔던, 눈을 감고도 훤히 그려지던 모습들이 아니어서였다는 것을 깨달았던 것입니다. 그리 크게 낯설지 않은 풍경들이 저를 그리 겁나게 했던 것입니다. 무슨 말씀인고 하니 제가 여태껏 제 몸처럼 같이 살아왔던 진메마을이 저를 오늘 이 자리에 있게 해주었다는 것입니다.

지금 그 생각을 하니 나를 키워주고 가꾸어준 진메마을 산천에 부끄럽기 그지없습니다.

▶ 전교생이 15명인 마암분교와 글쓰기의 홀가분함

지금 제가 근무하고 있는 마암분교는 전교생이 15명입니다. 저는 그중에서 2학년 2명, 5학년 3명과 함께 생활하고 있습니다. 아침이면 출근하자마자 아이들과 편을 갈라 축구도 하고 배드민턴도 하고 놀다가 (공을 차거나 배드민턴을 하면 맨날 제가 이겨 아이들이 약올라하지만) 공부하고 밥도 같이 먹고 청소도 같이 하며 지냅니다.

수상 전화를 받을 때 저는 전교생 15명과 함께 빈 교실 하나를 온갖 잔소리를 다 하며 정리하고 있었습니다. 저는 기뻤습니다. 청소하던 빗자루를 잠시 놓고 운동장과 바로 이어지는 호수를 바라보았습니다. 거기 봄이 오고 있었습니다. 제가 비로소 저 호수와 호숫가의 산과 그 아래 낯선 마을과 이 아이들에게 몸과 마음을 익혀야 함을 알았습니다.

마암분교는 아주 작은 학교입니다. 허술한 교실, 몇 안

되는 가난한 아이들이 있지만 밥 먹으러 가는 길가엔 진달래와 개나리꽃이 어깨를 스치는 곳입니다. 학교 바로 뒤안은 솔숲입니다. 그 솔나무 아래에도 진달래와 어린 참나무와 박새들이 삽니다. 그 솔숲에 들면 오래오래 떨어져 쌓인 솔잎들이 폭신폭신 쌓여 있어서 발을 편안하게 해주고 땅의 맛을 온몸으로 포근히 전해줍니다.

저는 이 학교로 온 후 며칠 이 숲을 헤매며 가만히 떨어지는 솔이파리며, 가볍게 솔가지에서 솔가지로 옮겨 나는 박새들이며, 솔숲을 찾아든 봄햇살이며, 그 햇살에 움을 트는 어린 참나무들을 보며 지금껏 살아온, 지금껏 애착을 가지고 써왔던 글들을 이제 아무데나 내려놓아도 좋다는 가벼움까지 한 홀가분함을 느꼈습니다. 저는 더할 수 없이 마음이 가벼워졌습니다. 지금껏 살아온 삶이 지금 제게 짐이 되지 않을 수도 있다는 생각을 조용히 받아들이고 있었습니다. 괜찮다, 괜찮다라는 말을 밑도끝도없이 중얼거렸습니다. 그럴 즈음 이 수상의 소식이 왔습니다.

저는 이 자리에서 그 어떤 결심도 또 다짐도 약속도 문학적인 그 어떤 주장도 할 수 없음을 알고 있습니다. 그저 제 길을 갈 것이고 살아온 것처럼 살 것입니다. 다만 저는 이 영광된 이름의 상 앞에서 제 초라한 삶을 조용히 들여다보겠습니다.

▶ 모든 것은 내 삶에서 나온다

저는 문학에 대해서 별다른 이론도 그렇다고 똑부러진 논리도 세울 줄 모릅니다. 그렇다고 부끄럽다거나 괴로워

해보지 않았습니다. 저는 제 삶의 주제와 꿈을 잘 알고 있습니다. 저는 시를 늘 제 삶만큼만 쓴다는 생각을 하며 삽니다. 잘사는 게 사람에 따라서 각양각색이겠지만 저는 늘 잘살아야 잘 쓴다, 사람이 되려고 노력해야 좋은 글도 쓴다는 생각을 하며 살았습니다. 글이고 무엇이고 간에 모든 것이 제 삶에서 나온다고 믿으며 살았습니다. 글이고 무엇이고 간에 세상의 이치는 다 같다라는 생각을 하며 살아왔습니다.

저는 늘 그랬습니다. 제가 글을 써서 문단에 나갈 때가 여기 진메였고 초등학교 선생이었으니 언제까지 여기서 살았으면 좋겠고 아이들 앞에 있기를 바랐고 또 그렇게 지금까지 버텨왔습니다. 저는 한 번도 진짜로 이 아이들 곁을 떠난다는 생각을 하지 않았습니다. 저는 스물두 살에사 문학에 꿈을 두었고 스물두 살에 아이들 앞에 섰었습니다. 그리고 지금은 머리가 하나 둘 희어지고 있습니다.

저는 제 머리가 허옇게 될 때까지 열두어 살 먹은 아이들 앞에 있기를 원합니다. 제 삶과 글을 생각할 때 저는 이 아이들 몇을 떠올리지 않을 수 없습니다. 저는 이 아이들과 평생을 웃고 울고 기뻤고 괴로웠고 또 늘 행복했습니다. 거기에 제 문학의 앞이 있다고 믿고 있습니다. 저는 이것을 제 큰 복이라고 생각하고 소중히 아낍니다. 아무나, 아무에게나 이런 복이 돌아가지 않는다는 것을 저는 잘 압니다.

한 위대한 민족 시인 이름이 붙은 상 앞에 저의 모든 것들은 너무 초라하고 남루합니다. 그렇지만 기쁩니다.

아직 일면식도 없는 산중의 한 가난한 제 이름 앞에 영광된 이름을 놓아주신 〈문학사상사〉 임홍빈 회장님 그리고 여러 심사위원님들께 머리 숙여 감사의 정을 드립니다. 그리고 아직도 허리 숙여 땅을 일구시는 저의 어머님과 고인이 되신 아버님 영전에 이 상을 드립니다.

글을 놓으려 하니 많은 얼굴들이 떠오릅니다. 저에게 문학의 길과 인간의 길이 하나임을 가르쳐주신 분들이 너무 많습니다. 제가 존경하는 분들 또한 너무 많습니다. 문학과 예술을 위해 사는 모든 분들과 동료들은 저의 스승들이었습니다. 저에게 분에 넘치는 관심과 애정을 보내주신 모든 분들과도 기쁨을 함께하고 싶습니다. 마지막으로 부끄럽지만 아내와 아이들과도 이 기쁨을 함께하고 싶습니다.

곧 소쩍새가 울겠지요.

올해는 그 소쩍새 소리에 제가 어떻게 해야 할지 모르겠습니다. 제 생각과 시들이 그이의 이름에 누가 되지나 않을까 실로 걱정입니다. 감사합니다.

섬진강변 벽촌에 찾아온 시의 불꽃들

내가 시를 쓰는 것은 결국 이 작은 마을로
돌아오기 위한 것이다. 내 시가 이 작은 마을의 한 그루
자연스러운 나무이기를 원한다.

김 용 택

▶ 참으로 느닷없이 된 초등학교 선생과 글쓰기에의 열정

나는 스물두 살 때까지 문학에 별로 관심이 없었다. 고등
학교 다닐 때 소설책과 만화책과 영화를 좋아했을 뿐이다.

고등학교 때 나는 이광수의 소설과 손창섭의 소설들을
읽었다. 읽으려고 해서 읽은 게 아니고 그저 우연히 그
책들이 내 손에 들어왔기 때문에 읽었을 뿐이었다. 고등
학교 3학년 교과서에 나온 알퐁스 도테의 소설 〈별〉을 읽
으며 잔디밭을 서성인 게 그때까지 내 문학적 체험의 전
부이다. 글을 쓰는 사람도 보지 못했으며 글쓰기에 대해
누구에게 그 어떤 말도 들어본 적이 없었다.

글을 써봐야 되겠다든가 시인이 되어봐야 되겠다든가, 아
니 무엇이 되어보아야 되겠다는 생각을 해본 적이 없었다.

참으로 우연하게, 참으로 느닷없이 나는 초등학교 선생
이 되었다. 그때, 그러니까 1969년 무렵 초등학교 선생이
어찌나 모자랐던지 고등학교만 나온 사람들을 시험치게

해서 4개월 동안 강습을 시켜 곧바로 교사로 발령을 내보냈는데 나도 참말이지 너무도 우연히 그때 시험을 치르고 꿈에도 생각지 않은 선생이 되어버린 것이다. 그때가 스물두 살의 봄 5월이었다.

나는 이웃 면에 있는 조그마한 분교로 발령을 받았다. 내 운명의 첫발이 그렇게 내디뎌졌던 것이다. 분교이니 오전 수업만 끝이 나면 할 일이 별로 없었다. 참으로 심심하고도 난감했다. 너무도 심심했다. 그저 할 일이 없어서 앞산도 보고 뒷산도 보고 잠도 자고 그랬다. 참으로 '그랬다가' 맞는 날들이었다.

그렇게 시간을 축내고 있던 어느 날 학교로 월부책 장수가 왔다. 많은 전집의 월부책 중에 나는 도스토예프스키 전집을 선택했다. 책이 두껍고 판이 넓었다. 멋이 있었다. 그때가 아마 겨울방학을 앞두고 있었을 때였을 것이다. 나는 그 책을 그냥 읽기 시작했다. 재미있었다. 나는 생각과 몸가짐을 새롭게 하며 다시 책을 읽었다. 나는 처음으로 그렇게 긴 소설을 읽었으며, 외국의 소설이 처음이기도 했다. 한겨울 나는 골방에 누워 그 책들과 지냈다.

그 책을 다 읽고 방학이 끝났을 때 나는 희미하게나마 내게 어떤 변화가 왔음을 어렴풋이 느꼈다. 경험해보지 못한 감정이었다. 그 작은 분교에서 1년쯤 있다가 나는 내가 졸업한 덕치초등학교로 왔다. 드디어 마음 차분하게 진메마을에 자리를 잡게 되었다.

그 무렵 어느 땐가 나는 임실읍에 있는 책방에 가게 되었는데, 그 책방에서 박목월 전집 열 권을 사서 다 읽었다. 또 어느 핸가는 이어령 전집을 사서 읽었다. 《흙 속에 저 바람 속에》라는 글이 재미있었고 평론이라는 형식의 글을 처음 읽었다. 서정주 전집도 그 무렵 읽었는데, 내게 너무나 많은 것들을 주었다. 나는 지금도 이 전집들을 소중히 간직하고 있다.

그러던 중 우연히 전주에 가게 되었다. 거리를 지나다가 어느 헌책방에 들어가게 되었다. 거기에서 나는 여러 가지 문학 잡지들을 보게 되었는데, 《현대문학》도 있었고 《월간 문학》도 있었다. 나는 그 외에도 여러 가지 헌 책들을 샀다. 문학을 해보겠다는 생각이 아니었다. 그저 책을 읽는 것이 너무 좋았고 노는 것보다 좋다는 생각이었고 무엇인가 지금과는 다른 그 어떤 길이 있지 않을까 하는 막연한 생각이 고개를 들기도 했다.

그러다가 어느 날 전주에 가서 《문학사상》이라는 잡지를 보게 되었다. 새로웠다. 시도 소설들도 새로웠고 책머리에 쓴 이어령의 글들도 좋았다. 젊은 선생들이 모이는 자리에서 이어령 이야기가 나오면 그저 가만히 듣고만 있었다. 그러면서 나는 시들을 새롭게 보게 되었다. 김소월·한용운·이상화·윤동주 같은 시인들을 새롭고도 진지하게 알게 되었다.

나는 내 손에 들어온 책이나 신문들을 닥치는 대로 읽었다. 시와 소설들에 때로 숨막혀 했고 삶의 소용돌이 속으로, 문학의 소용돌이 속으로 나도 모르게 빠져들어 허우적대다가 무엇인가 잡고 일어섰고 앞으로 나아갔고 낮게 가라앉았고 높이 솟구쳤다. 그러면서 나를 눈부시게 응시했다.

▶ 빛나 눈부신 '고통의 축제'들과 내 영혼

나는 모든 시인들과 소설가들과 화가들과 음악가들과
평론가들, 아무튼 모든 예술가들을 존경했으며 또 실망하
기도 했다. 어쩔 때는 이 세상의 모든 것들에 대한 절망
과 희망이 함께 어우러져 열에 들뜨기도 했다. 하루에도
몇 번씩 절망하고 하루에도 몇 번씩 일어섰다. 발레리의
'바람이 분다 / 살아봐야겠다'를 가슴에 숨겨두고 때때로
꺼내들고 보았다.

그러다가 나는 우연히 김수영의 시집 《거대한 뿌리》를
읽고 충격을 받았다. 김수영의 시와 산문과 일기들은 내게
깊은 충격을 주며 세상에 다가가게 했다. 김수영의 〈풀〉이
눕고, 드디어 울고, 더 울다가, 다시 눕고, 바람보다 먼저
일어남은 나의 삶을 그대로 보는 것 같았다. 산그늘이 덮
쳐오는 내가 사는 작은 마을 강변에 그 푸르름과 서늘한
풀꽃들의 모양을 이렇게 쉬운 말로 이렇게 간단하게 표현
해낸 시가 없었다. 인생의 그 어떤 열병에 시달리며 절망
하고 좌절하며 다시 일어서서 울고 웃던 내 젊은 청춘의
나날들이 바로 이 시였던 것이다.

눕고 일어서고 울고 다시 괴롭던 시절, 나는 김수영의
일기와 산문들을 보며 한 인간이 세상에 태어나 자유로운
영혼을 위해 얼마나 치열하게 살아가야 하는가를 배웠다.

나는 그 무렵 나오기 시작한 시집들을 통해 방황하고
절망하고 좌절하며 다시 그 절망의 끝없는 나락의 끝에서

불꽃을 피워 살아나는 영혼들을, 내 영혼을, 그 빛나 눈부신 '고통의 축제'들을 보았던 것이다. 나는 내 삶이 이미 거기에 깊이 빠져 있음을 보았던 것이다. 그때 나는 50권으로 되어 있는 《한국문학전집》을 읽고 있었고, 김춘수·박재삼·박용래·김종삼·황동규·이성부·정현종·고은의 시들 속에 빠져 허우적대고 있었다. 나는 특히 김종삼의 시와 박용래의 시를 읽기를 좋아했으며 황동규의 시에 오랫동안 심취되어 있었다.

▶ 외상 공부와 외상 담배 맛이 그만이던 아름다웠던 시절

나는 친구도 없었고 무던히도 가난했다. 그때 내 소원은 두 가지였다. 그중에 하나는 담뱃값을 걱정하지 않고 담배를 사 피우는 것이고 다른 하나는 마음대로 책을 사보는 것이었다. 나는 그때 이 두 가지 소원 이외에는 어떤 소원도 갖지 않기로 했다.

이 글을 쓰고 있는 지금은 개인적으로 소원이 없다. 두 가지 소원을 다 이루었기 때문이다. 담배는 어쩌다가 끊게 되었고 책을 사볼 만큼 월급도 탄다. '80 몇 년까지 나는 담배도 외상으로 피우고 책도 외상으로 사다 보았다. 외상 공부와 외상 담배는 똑같이 맛이 그만이었었다. 아, 아름다웠던 시절이여.

나는 늘 혼자였으며 문학을 이야기할 사람은 더욱 없었다. 오직 이 작은 강변 마을로 내가 좋아하는 시인들을 끌어들였을 뿐이다. 나는 내게 부딪치는 모든 문제들을 혼자 해결했다. 더디고 힘들었고 많이도 절망했다. 외로

웠다. 어쩌면 외로움이 내 전부였는지도 몰랐다.

그러나 끝까지 절망하지 않으리라는 믿음이 나도 모르게 생겨 있음에 놀라곤 했다. 많은 시들을 읽으며 스스로 정신을 단련시켰다. 오만가지 갈등과 열등감을 시를 통해 극복해가며 마음을 비웠다. 늘 그만 살아도, 지금 죽어도 좋다고 생각했다. 겁도 없었다(그때 죽었어봐라, 지금 어떻게 이 상을 받았겠는가).

▶ 드디어 내가 사는 가난한 땅에 눈을 뜨다

나를 우리의 현실로 처음 눈 돌리게 한 사건은 와이에이치 사건이었고, 우리 현실을 바로 보게 한 것은 이성부의 시집이었다. 그리고 처음으로 역사를 가르쳐준 책은 《해방 전후사의 인식》이었다. 그러면서 《창작과비평》과 《문학과지성》이라는 잡지를 알게 되었다. 신경림·조태일·김지하·문병란·이시영·정호성·김준태 등을 알게 되었고 '반시' 동인들의 시들을 들고 다니며 한껏 문학에의 자존심을 키워나갔다.

누구나 다 그랬겠지만 그때 나 같은 시골뜨기도 광주민중항쟁의 뜻을 알게 되었고 사회과학의 세례를 받게 되었다.

결코 분단과 광주에서 자유로울 수 없었다. 그것은 나의 현실이었고 극복되어져야 할 역사적 큰 짐이었다. 문학에 앞서 있던 그 힘겨운 짐은 정말 나 같은 산중의 얼뜨기에게 너무 힘겨웠다. 그러나 내려놓는 홀가분함보다 짐진 무거움이 더 좋았던 때였다. 나는 역사 공부를 했다. 성경도 열심히 읽고 많은 문학 평론들도 읽었다. 백낙청·유종호

· 김우창 · 염무웅 · 임헌영 · 구중서 · 김현 · 김병익 · 김주연 선생님들은 모두 나에게 큰 스승들이셨다.

어느 때던가. 곽재구가 시인이 되었고 이성복 · 황지우 · 김정환 등 5월 시인들이 등장했다. 빛나던 시의 시대가 왔던 것이다. 나는 그 숨가쁜 시절에도 내 작은 골방에서 홀로 몸살을 앓고 있었다. 내가 읽은 책들로 하여 나는 드디어 내가 사는 가난한 땅에 눈을 뜨게 되었다.

농사꾼으로 평생을 살아오신 우리 부모님과 우리 동네 사람들의 모습과 내가 사는 마을의 모든 것들이 새로운 모습으로 다가왔으며 내 것이었다. 마을 앞에 흐르는 물이 내 핏줄로 이어지는 것 같은 긴장감을 느꼈으며 진메마을에 있는 돌멩이 하나 풀 한 포기도 결코 예사롭지 않았다. 내가 내딛는 한 걸음 한 걸음은 그냥 발걸음이 아니었다. 그때는 그랬다. 내 정신은 빛났으며 영혼은 깨끗하게 닦여 있었다.

▶ 늘 새로운 마음으로 돌아오기 위해 쓰는 시

'82년 어느 봄밤, 나는 덕치초등학교 숙직실에서 숙직은 안 하고 이기백 선생의 《한국사 신론》을 읽고 있었다. 그러다가 허리가 아파 밖에 나와 볼일을 보며 강 건너 마을을 보고 있었다. 많이 늦은 시간인데도 불빛 몇 개가 살아 강물에 어리고 있었다. 나는 얼른 방으로 들어와 그때 김정환의 〈황색예수〉가 실린 《실천문학》에 시를 썼다. 6년 만에 처음 써본 시였다. 무엇인가에 숨이 가빴다. 그 시가 〈섬진강 1〉이었다.

나는 밤마다 시를 썼다. 이것이 시일까, 이래도 시가 되는 걸까 의심을 하면서도 나는 '섬진강'이라는 이름으로 네 편의 시를 썼다. 〈섬진강 4〉를 써놓고 나는 그 시를 읽고 또 읽었다. 그때 같이 근무하는 여선생님 한 분이 있었는데 나와 많은 이야기를 하던 그 여선생님에게 부끄러움을 무릅쓰고 그 시를 보여주었다. 그 여선생님은 많은 말을 한 것 같지만 지금은 단 한마디만 생각이 난다.

"감성이 매우 풍부한데요."

나는 모아진 글들을 창작과비평사에 보냈고 거기서 묶어냈던 《21인 신작 시집》에 처음 시를 발표했다.

그 동안 시를 써오면서 많은 사람들로부터 내 격에 어울리지 않은 분에 넘치는 관심을 받아왔고 철없이 우쭐거리기도 했다. 그러나 내가 글을 쓰고 공부하는 것은 이 작은 마을을 떠나기 위한 것이 아니라 늘 새로운 마음으로 돌아오기 위한 것이었다.

저 강변의 풀잎들과 저 진메마을 강물에 비치는 마른 나무 같은 사람들, 그리고 가을 아침의 이슬 방울들, 새소리와 바람 소리들이 내 감성을 메마르지 않도록 늘 일깨워주었습니다. 저 앞산 산비탈에 서 있는 몇 그루의 굽은 소나무들이 나를 진실 쪽에 서도록 푸르게 서 있었습니다. 그 소나무들은 내게 사는 일이 늘 쉽지만은 않음을 일깨워주었고 세상으로 나가는 길을 열어주었습니다.

바람 없는 겨울날 강물로 하얀 눈을 뜨고 가만가만 사라지는 겁없는 눈송이들의 행렬, 매운 바람 부는 캄캄한

밤 앞산 뒷산의 가랑잎 스치는 소리, 새로 온 봄밤의 적
막하디적막한 달빛이 내 사랑을 메마르지 않게 적셔주었
습니다. 저 작은 산 아래 작은 마을이 나를 늘 사람에게
가까이 가도록 사람들 쪽으로 끌어당겼습니다. 나를 쓰러
지지 않도록 그리고 또 다른 포기와 쓰러짐에 인색하지
않도록 마을이 늘 거기 있었습니다.

　그 마을엔, 오, 어머니와 농부들이 일하며 오래오래 살
고 있습니다. 그들을 늘 경배했습니다. 거기 그들이 사람
의 얼굴을 하고 숨을 쉬며 살고 있었으며 거긴 무엇이든
지 다 있었습니다. 오, 그리고 내게 사색과 고요와 적막
을 준 마을길의 저 찬 서리 친 아침 빈 들길이라니.

　나는 늘 그 모습으로 거기 있었고 나의 모든 글은 거기
작은 마을에서 시작되고 끝이 날 것을 나는 믿는다. 우리
동네 앞산 한 등선만 가지고도 나는 남은 생을 행복하게
살 수 있겠기 때문이다. 내 시는 이 작은 마을에 있는 한
그루의 자연스러운 나무이기를 원한다.

섬진강 가에 사는 천진성의 시인, 김용택

용택이 형의 이야기는 바닥이 보이지 않는 샘물 같다.
그것은 형이 작은 것을 보고도 감동할 줄 아는 눈의 소유자이면서,
그런 마음으로 세상을 살아가는 천진성의 시인이기 때문일 것이다.

안 도 현(시인)

▶한 번도 고향을 벗어난 적 없는 '섬진강'의 시인

'섬진강'의 시인 김용택.

그의 이름 앞에는 언제부터인가 섬진강이 아주 자연스럽게 따라붙어 흐른다. 섬진강은 그의 등단작이며 첫 시집의 제목으로서의 '섬진강'이면서, 그가 태를 묻은 출생지이자 현재 밥 먹고 시 쓰며 살아가는 거주지로서의 섬진강이기도 하고, 그리고 그가 평소에 흠모해 마지않는 우리 땅, 우리 산천의 다른 이름이기도 하다.

이렇듯 금강의 아무개, 낙동강의 아무개, 지리산의 아무개처럼 자기 이름 앞에 강이나 산 하나쯤을 데리고 다니는 시인들의 반열에 섬진강의 시인 김용택이 있다.

그 시인을 나는 형이라고 부른다.

그리고 김용택 형에 대한 나의 질투는 전북 임실군 덕치면 장산리라는 작은 마을에서 시작된다. 1948년생인 형은 태어나서 지금까지 이 주소 외에 다른 곳에서 우편물

을 받아본 적이 없다. 머리에 먹물을 넣기 위해서든 안주머니에 돈다발을 챙기기 위해서든 그 동안 우리는 고향을 떠나지 않고는 도대체 살아갈 수가 없었다. 학교와 공장과 사무실이 있는 도시로 가기 위해 고향을 떠나는 그 새벽길이 출세와 신분 상승으로 가는 푸르른 통로였다. 한곳에 가만히 머물러 산다는 것, 그것은 개발의 논리로 본다면 퇴보를 예약하는 것과 마찬가지다.

그런데 김용택 형은 50년 세월 동안 한 번도 고향을 벗어난 일이 없으니, 이른바 '현대시'를 쓰는 시인으로서는 거의 '천연기념물'에 가까운 존재가 아닐까 싶다. 대부분의 시인들이 괴나리봇짐을 지고 떠돌 때, 형은 마을 앞을 흐르는 강물 소리로 귀를 씻고 강변에 피었다 지는 들꽃들을 오래 바라보곤 했을 것이다. 내가 식물도감을 뒤적이며 나무 이름 하나를 알려고 허둥댈 때, 형은 일찌감치 마음속에 그 나무를 심어두고 가꾸어온 것처럼.

▶ 섬진강 절창을 낳게 한 시인의 어머니

용택이 형네 진메마을 앞에는 젊은 시절에 형이 심었다는 아름드리 느티나무 한 그루가 있다. 이 세상에 제대로 나무 하나 심은 적 없는 나는 그것마저 부러워하며 느티나무 그늘 아래 비스듬히 누워서는 묻는다.

"형이 시를 잘 쓰는 건 다 섬진강 덕택이지요?"

"그럴지도 모르지."

"형은 어머님께서 하시는 이야기를 그대로 받아 적어서 시라고 발표를 하지요?"

"그려. 정말 그런 거 같네잉."

형네 어머니를 한 번이라도 만나본 사람이면 섬진강 절창의 일부분이 분명히 당신에게서 나왔음을 금방 눈치챌 수 있을 것이다. 가난하고 어렵게 살아왔으나 마음만은 어느 누구보다 부자인 분, 자연과 생활을 끊임없이 일치시켜온 '조선 사람'의 전형이 시인의 어머니라고 할 수 있다.

봄날이면 마당가에 겨우내 땅 속에 숨어 있던 풀들이 삼삼오오 돋아난다. 그 잡풀들을 발로 무심코 밟아 뭉개는 게 무슨 대수이랴만 시인의 어머니는 그렇지 않으신 모양이다. 그 풀들이 죽을까봐 거기에다 뜨거운 물도 함부로 버리지 못하게 하신다는 이야기를 형한테서 들은 적이 있다. 하찮은 미물에게까지 관심을 갖는 그 마음 씀씀이가 결국 시의 마음이요 시인의 마음이 아닐까.

그뿐이 아니다. 하루는 용택이 형이 마당에 있는 꽤 큰 나무를 하나 베었다고 한다. 나중에 그것을 안 어머니는 상심해하시며 날도 안 받고 나무를 베었느냐고 형을 나무라고는 왼손 새끼를 꼬아서는 한쪽 끝은 베어버린 나무의 그루터기에다 묶고 한쪽 끝은 그 옆에 선 살아 있는 나무에다 묶더라는 것이었다. 용택이 형이 궁금해하자 어머니는 이렇게 말씀하셨다고 한다.

"목숨을 건네주어야제."

아, 베어버린 나무가 섭섭하지 않게 하기 위해서, 나아가 나무의 재생을 비는 그 의식의 신성함이라니!

개인적으로는 그 어머니한테서 얻어먹은 나물들이며 열

매들이 무릇 기하(幾何)이뇨……냉이, 돌나물, 씀바귀,
부추, 무, 배추, 파, 깻잎, 고추, 다래, 감, 밤……그걸
언제 무엇으로 다 갚아드릴꼬?

▶ 유장하고 재미난 입심을 가진 천진성의 시인

근래에 사흘이 멀다 하고 전국 곳곳에서 시인의 고향
섬진강을 찾는 발길이 잦아졌다. 적게는 두어 명씩, 많게
는 관광버스를 가득 채운 채 사람들이 찾아온다. 어쩔 수
없이 유명세를 치러야 하는 시인의 고역을 짐작하거니와
이따금 방송국 같은 데서 카메라를 둘러메고 시인의 마을
을 촬영하러 올 때도 있다.

그런데 도회지 사람들에겐 시골의 모든 것들이 신기한
것들이어서 용택이 형은 팔자에 없는 억지 춘향 역할을 하
기도 한다. 그 소품으로 늘상 걸려드는 것 중의 하나가 형
네집 부뚜막에 걸린 쇠죽솥인데 지금은 쓰지 않는 그 큰
솥에 맹물을 넣고 생짜로 불을 때야 하는 괴로움 말이다.

"썩을 놈들이 별짓을 다 시킨당게."

안으로 꼭꼭 닫혀 있던 고요한 세계에 바깥 세상의 낯선
바람이 불어닥쳐서였을까. 한때 시인은 이유도 없이 아팠
다. 그가 사랑하는 시인, 이광웅과 김남주가 세상을 버릴
무렵에 그도 세상을 내던지고 싶을 정도로 앓았다. 아마
그것은 늦은 나이에 앓은 홍역 같은 것인지도 모른다.

지금은 완전히 회복이 되어 글쟁이들이 모이는 자리에
서는 입에 대지 못하던 맥주도 서너 잔씩이나 마신다. 형
을 꼬여내 밤늦게 귀가하게 만드는 우리들더러 형수는 순

진한 사람 다 버려놓을 작정이냐고 웃으며 따진다. 그러면 우리가 웃으며 대답한다. 앞으로도 더 버려놓을 작정이라고. 아닌게아니라 용택이 형은 '운전을 못하는 남자들의 모임'에서도 한 발 앞서 탈퇴를 하였다. 근무하던 학교를 옮길 것에 대비해서 운전 면허증을 땄고, 어릴 적에 소나 타던 사람이 지금은 소나타를 타고 출퇴근을 하고 있는 것이다.

어쨌든 강호의 내로라 하는 시인 묵객들이 용택이 형의 시에 취해 진메마을을 들락거린 지도 벌써 십수 년이다. 섬진강 시편들에 취해 있던 그들은 당대의 뛰어난 시를 낳은 풍광에 취하고 또 인간 김용택의 유장하고 재미난 입심에 취하기를 주저하지 않는다.

강에서 고기 잡는 이야기 하나만으로도 형은 긴 겨울 밤 하나를 훌쩍 건너뛸 수 있다. 거기에다가 산에서 토끼 잡고 뱀 잡는 이야기, 이런저런 마을 사람들 이야기, 학교 가다가 풀섶에 똥누고 가는 이야기······용택이 형의 이야기는 바닥이 보이지 않는 샘물 같다. 그것은 형이 작은 것을 보고도 감동할 줄 아는 눈의 소유자이면서, 그런 마음으로 세상을 살아가는 천진성의 시인이기 때문일 것이다.

보통 사람들은 매미가 어떻게 우느냐고 물으면 그저 맴 맴 맴맴 운다고 할 것이다. 그러나 형의 귀는 다르다.

"맴맴 맴맴 하고 우는 건 참매미고, 찌찌 찌찌 하고 우는 것은 찌매미인데 털매미라고도 하지. 우리 동네에서 와가리라고 부르는 왕매미는 한꺼번에 와그르르 하고 울기도 하지. 그런데 우리 마을 옆에 일중리라는 마을이 있는데 거기를 옛날에는 일꾸지라고 불렀어. 어떤 매미는 일꾸지에 사는 여인을 놀리는 투로 우는데, 느그들 그 매미가 어떻게 우는지 아냐?"

"글쎄요……."

"일꾸지떡 보오—지, 일꾸지떡 보오—지, 일꾸지떡 보오—지 하고 울거든."

우리는 예의 그 와가리처럼 와그르르 하고 웃지 않을 수 없는 것이다. 어떤 이는 배꼽을 잡고 뒹굴고 어떤 이는 너무 웃어서 눈물을 찔끔찔끔 짜내기까지 하면서 말이다.

역사의 진실과 시의 진실

인간의 길과 시인의 길은 둘이 아니다. 그는 참다운 시인의
자리에 이름으로써 역사 앞에 부끄럼 없는 한 인간의 자리에 도달한
것이다. 그런 참다운 자리에서 쓴 시는 모든 사람에게 감동을 준다.

이 숭 원 (문학평론가)

1. 섬진강의 물줄기

1982년 서른다섯의 나이로 시인으로 출발한 김용택은
1985년에 첫 시집 《섬진강》을 출간한 이후 1989년까지 다
섯 권의 시집을 상재할 정도로 의욕적이고도 활발한 작품
활동을 보여주었다. 그의 시는 염무웅의 적절한 지적대로
"당면한 생활의 터전"에서 울려나오는 토착 농민의 꾸밈
없는 육성을 들려주었으며 그런 점에서 많은 사람들의 주
목을 받았다.

나는 초기의 그의 시를 농촌시라는 명칭보다는 농민시
라는 이름으로 부르기를 희망한다. 왜냐하면 농촌시라는
어감 속에는 농촌을 하나의 시적 소재나 배경으로 생각하
는 경향이 내포되어 있는 것 같기 때문이다. 물론 김용택
의 시는 농촌을 배경으로 하고 있고 그 속에서 벌어지는
여러 가지 일들을 이야기하고 있다. 그러면서 그의 시에

는 농촌 현실 속에 끝없이 고통을 받으면서도 농촌의 주인으로서 건강하고 낙천적인 삶을 영위해가는 농민들이 언제나 시의 전면에 드러나 있다. 말하자면 그의 의식 속에는 농촌이라는 공간보다 그곳에서 전개되는 농민들의 생생한 삶의 국면들이 더욱 의미 있는 내용으로 떠올랐던 것이다. 이런 점에서 그의 시는 농민시라는 이름에 값하는 면모를 충분히 갖추고 있으며 당시에 솟아올랐던 민중문학의 대열에 당당히 동참할 수 있었던 것이다.

그의 첫 발표작 〈섬진강 1〉은 농민의 삶이나 농촌 현실을 직접 드러낸 것이 아니었다. 그러나 이 작품에는 그가 지닌 의식의 단면이 선명하게 새겨져 있어 한 시인의 출발점으로서의 위상을 분명히 드러내고 있다.

가문 섬진강을 따라가며 보라
퍼가도 퍼가도 전라도 실핏줄 같은
개울물들이 끊기지 않고 모여 흐르며
해 저물면 저무는 강변에
쌀밥 같은 토끼풀꽃,
숯불 같은 자운영꽃 머리에 이어주며
지도에도 없는 동네 강변
식물도감에도 없는 풀에
어둠을 끌어다 죽이며
그을린 이마 훤하게
꽃등도 달아준다
흐르다 흐르다 목메이면

영산강으로 가는 물줄기를 불러
뼈 으스러지게 그리워 얼싸안고
지리산 뭉툭한 허리를 감고 돌아가는
섬진강을 따라가며 보라
섬진강물이 어디 몇 놈이 달려들어
퍼낸다고 마를 강물이더냐고,
지리산이 저문 강물에 얼굴을 씻고
일어나서 껄껄 웃으며
무등산을 보며 그렇지 않느냐고 물어보면
노을 띤 무등산이 그렇다고 훤한 이마 끄덕이는
고갯짓을 바라보며
저무는 섬진강을 따라가며 보라
어디 몇몇 애비 없는 후레자식들이
퍼간다고 마를 강물인가를.

—〈섬진강 1〉 전문

　우리는 흔히 유구한 역사의 흐름을 강물에 비유한다. 소백산맥에서 발원하여 전북, 전남을 거쳐 남해로 흘러드는 섬진강은 전라도 사람들의 유구한 삶의 역정을 상징한다. 아무리 가문 때에도 섬진강은 그 유장한 흐름을 멈춘 일이 없다. 저무는 강변에 작은 풀꽃들을 피우고 이름없는 풀에도 어둠 속에 오히려 은은히 빛나는 꽃등을 달아 준다. 서해로 흘러드는 영산강을 이웃삼아 지리산을 감돌고 흐르는 섬진강은 몇몇 부정한 자들의 훼방에도 불구하고 그 유연하고 도도한 흐름을 결코 바꾸지 않을 것이다.

이러한 메시지를 안고 있는 이 작품에서 우리는 김용택의 이후의 시에까지 일관되게 흐르는 시정신의 기저를 찾아낼 수 있다.

첫째, 가문 날에도 생명의 풀꽃을 피우며 유유히 흐르는 섬진강의 모습을 통하여 고난과 시련에도 불구하고 생명의 기운을 창조하며 영원히 이어질 이 땅 농민들의 심원한 생명력을 형상화하였다. 그 생명력은 비단 인간으로서의 생명력만이 아니라 인간이 뿌리박고 살아가는 자연 전체의 생명력으로 확산된다. 이 생명의 지속성에 대한 믿음은 "섬진강을 따라가며 보라"라는 말의 반복에서도 확인되는 것처럼 그의 신념의 하나로 자리잡고 있음을 볼 수 있다.

둘째, "쌀밥 같은 토끼풀꽃", "숯불 같은 자운영꽃", "지도에도 없는 동네 강변", "식물도감에도 없는 풀" 등 미미한 대상에도 지극한 관심과 애정을 기울이는 데에서 그의 농민과 농촌에 대한 사랑이 생명 그 자체에 대한 순연한 사랑의 정신에서 비롯된 것임을 알 수 있다. 특히 '쌀밥 같은', '숯불 같은' 등의 비유는 그의 시적 출발이 어떤 고급한 창작 이론에서 연유한 것이 아니라 핏속에 이어온 토착 정서, 그것의 천성적 표현에서 비롯된 것임을 깨닫게 한다. 말하자면 쌀밥과 숯불은 농촌의 생활 환경에서 가장 소중하고 빛나는 대상으로 인식되었던 것이며 그러한 농민적 감정이 그의 시에 진솔하게 우러나왔던 것이다.

셋째, 그는 강물을 고정된 공간 속에서 보는 것에서 벗어나 거시적이고 역사적인 맥락에서 확대하여 관찰하고 있다. 전라도 실핏줄 같은 개울물에서 시작하여 영산강, 지리산, 무등산으로 확대되는 그의 시각은 이 시인이 농민들의 일상적 삶을 묘사한다거나 그들의 개인적 애환이나 감상을 노래하는 데에만 머물지 않을 것이라는 예감을 갖게 한다. 이러한 예감은 그의 후속 시편에서 사실로 확인되는 바, 그는 농민들의 고난을 이야기하면서도 그것을 언제나 역사적 맥락에서 파악하고자 했다.

그리고 시의 끝부분에 나오는 "몇몇 애비 없는 후레자식"이라는 말에서 민족적 정통성에서 이탈한 반민족적 세력에 대한 분노와 비판의 함의도 찾을 수 있다. 요컨대 현실과 역사 속에서 시를 쓰려는 그의 정신이 시행 속에 응결되어 있는 것이다.

넷째, 이 시에는 고난 속에서도 피어나는 남성적 의연함의 의지와 현실 극복의 낙천적 생활 감정이 나타나 있다. 그것은 "지리산 뭉툭한 허리를 감고 돌아가는 섬진강"이라든가 지리산이 "일어나서 껄껄 웃으며" 무등산에게 물어보면 무등산은 "훤한 이마 끄덕"인다고 한 장면에서 드러난다. 이러한 표현은 섬진강이라는 강의 이미지가 지닌 여성적 속성을 반대쪽에서 보강해주는 남성적 형상성을 갖는다. 우리는 여기서 어떠한 고난이 닥쳐와도 껄껄 웃으며 다시 일어서는 농민적 삶의 원형을 발견하고 그러한 삶에 대한 건강한 믿음까지도 소유하게 된다.

이러한 측면과 더불어 우리가 그의 초기 시편에서 간과하지 말아야 할 두 가지 특징이 있는데, 그것은 간절한 그리움의 정서 표출과 토속적 방언 및 민요조 가락의 활용이다.

전자의 특징은 〈섬진강 4〉나 〈섬진강 11〉에서 볼 수 있는 것으로 그것은 섬진강의 흐름이 그 유장함을 잃고 질곡의 상태에 빠질 때 이상적인 상태를 회구하는 심정을 나타낸 것이다. 여기에는 암담한 농촌 현실을 대하는 시인의 마음이 상징적인 구조로 형상화된다.

'누님의 초상'이라는 부제가 붙은 〈섬진강 4〉에서 시인은 상실의 세월 속에서도 누님이 간직했던 사랑의 불빛을 가슴에 지피고 한없는 기다림으로 어둠을 버텨가겠다고 이야기한다. 〈섬진강 11〉에서는 자신이 바라는 '혁명의 아침'이 "아침 여는 저기 저 물굽이같이 / 부드러운 힘으로 굽이치며", 혹은 "잠든 세상 깨우는 / 먼동 트는 새벽빛 / 그 서늘한 물빛 고운 물살로" 다가오기를 회구한다. 이러한 이상적 상태에 대한 기다림의 자세는 당시 민중문학계열의 젊은 평론가들에게 "인텔리적 감상성과 추상성의 굴레"를 벗어나지 못했다든가 농민 연대의 힘찬 운동성이 결여되었다든가 하는 비판을 받기도 했다.

후자의 특징은 농촌의 현실을 사실적으로 직접 서술할 때 나타난다. 〈시는 서울서 쓰고 사는 건 우리가 살고〉, 〈마당은 비뚤어졌어도 장구는 바로 치자〉, 〈밥값〉 등의 시가 그 예인데, 이 시들은 농촌의 불평등한 삶의 조건이라든가 모순된 구조 속에서의 농촌의 빈궁화를 풍자적 어조로 고발하고 있다. 이렇게 현실의 모순을 직접 드러내는 경우 그는 거의 예외 없이 토속적 방언을 사용하고 민요조의 가락을 구사한다. 이것은 판소리의 가락을 계승함과 더불어 동학의 농민가사, 혹은 개화기의 우국저항가사의 형식을 이어받는 것이기도 하다.

그런데 이러한 토속적 방언과 민요조의 가락이 농촌의 모순을 직서(直敍)할 때 동원되는 이유는 무엇일까? 그는 시적인 비유와 암시를 통해서 현실적 상황을 형상화할 때는 그것이 그 자체로 시가 된다고 생각했을 것이다. 그러나 현실의 단면을 직접 이야기하는 것은 그 자체로는 시가 될 수 없다고 생각했을 것이다. 그 비시적 내용에 시적 윤기를 불어넣는 작업이 판소리적 가락의 채용이었고 토속적 방언의 구사였다. 말하자면 방언과 율조는 산문적 내용이 시의 울타리 밖으로 이탈되는 것을 막는 안전판이었고 일상적 언술을 시적 담론으로 바꾸는 문학적 장치였다. 앞의 유형의 시에 대해 불만을 토로했던 평론가들이 이런 유형의 시에 대해서는 이구동성으로 찬사를 늘어놓은 것은 당연한 일이었다. 그러나 김용택에게는 이것이 바로 고민거리였을 것이다.

2. 어려운 시대의 진실한 시

김용택의 고민의 내용은 어려운 시대에 어떻게 하면 진실한 시를 쓸 수 있는가 하는 점이었다. 어려운 시대를 외면한다면 그것은 진실한 시가 되지 못한다. 그런데 어려운 현실을 있는 그대로 드러낸다면 그것은 또 시가 되지 못한다. 이 갈등 속에서 그가 이룩한 것은, 현실의 참담함과 그것을 대하는 마음의 상태를 시적인 장치로 상징화하여 드러내는 것과, 현실의 참담함을 그대로 보여주되 농촌 현장의 토속적 어법으로 드러내는 것이었다. 현실의 인식과 현실의 변혁도 중요한 일이었지만 시인인 그로서는 시를 쓰는 것도 그것 못지않게 중요한 일이었다. 시와 현실과의 균형을 취하기 위하여 그는 여러 가지 고심을 하였을 것이다. 그의 고심은 시형식의 탐색으로 이어졌는데 그것은 〈섬진강 24―맑은 날〉에 그 유려한 모습을 드러내게 된다.

이 작품은 할머니의 죽음을 축으로 하여 임종에서 안장에 이르는 초상의 절차를 자세하게 서술하고 있다. 김용택의 초기시는 일종의 서술시라고 할 수 있을 정도로 이야기를 포함하는 경우가 많은데 이 시에도 서사적 요소가 중심을 이루고 있다. 그런데 사건을 서술하는 부분 부분에 단형 서정시 형태가 삽입되기도 하고 마을 사람들의 구수한 구어가 삽입되기도 하고 노랫가락이 들어가기도 한다. 말하자면 이야기시와 단형 서정시의 결합을 이 시는 보여주는 것이다.

이 시는 할머니의 죽음과 장례의 전과정을 그리고 있으므로 다채로운 감정이 포함될 만한데 화자의 시선은 일정한 거리감을 유지하면서 상당히 절제된 어조로 개개의 사건을 서술하고 있다. 그러면서도 작품 전체의 서사적 구성은 하나의 시행에 응집되고 있어서 서정시적 긴장을 잃지 않고 있다. 그 서정적 응집의 축은 할머니가 생전에 입버릇처럼 하시던 말씀, "내가 죽으면 내 간을 꺼내 보거라/내 간이 있는가 다 녹아부렸는가"라는 말씀이다.

결국 장례에 참석한 모든 사람의 눈물과 한숨과 넋두리는 바로 할머니의 이 말을 확인하기 위한 과정이고 거기서 확인되는 것은 할머니의 한스런 생애가 거기 모인 모든 사람들에게 지금도 이어지고 있다는 사실의 뼈저린 인식이다. 그러므로 이 시의 제목 '맑은 날'은 반어적이다. 그것은 죽음과 한스런 일생과 한스런 일생을 만들어낸 사회의 질곡과 그 질곡에 대한 분노와 통한의 심정을 역으로 드러낸다. 그러면서 또 한편으로 그것은 통한의 삶 속에서도 이어온 농촌 사람들의 순연한 마음을 암시한다.

한마디로 압축해 말하면 이 시의 제목은 시적이다. 여기에는 민중적 연대의식도, 현실에 대한 투쟁의식도 전면에 드러나지 않는다. 다만 고난의 세월을 살아온 농민들의 생생한 모습과 그들에 대한 시인의 변함없는 사랑과 앞으로도 이어질 시련에 의연히 대처하려는 마음의 기품이 나타나 있을 뿐이다. 그는 이것을 한 편의 시로 담아내기 위해 고심참담하며 그만의 독특한 형식을 창조하였다. 그만큼 그는 시인의 자리에 충실하고자 한 것이다.

그가 천성의 서정시인인 증거는 여러 곳에서 발견된다. 그중 단형 서정시의 정수를 보여주는 그의 초기시 중의 한 편을 읽어보면 그 서정시적 감도에 경탄하게 된다.

어젯밤엔 그대 창문 앞까지 갔었네
불 밖에서 그대 불빛 속으로
한없이 뛰어들던 눈송이 송이

기다림 없이 문득 불이 꺼질 때
어디론가 휘몰려가던 눈들

그대 눈 그친 아침에 보게 되리
불빛 없는 들판을
홀로 걸어간 한 사내의 발자국과
어둠을 익히며
한참을 아득히 서 있던
더 깊고
더 춥던 흔적을

—〈흔적〉 전문

　이 시는 일종의 연가라 할 수 있다. 우리는 이 연가의
구조 속에서 눈 내리는 겨울밤의 정취와 사랑에 몸둘 바
몰라하는 한 사내의 안타까움과 사랑이나 슬픔이란 말을
한마디도 하지 않으면서 그 감정을 드러내는 절제의 정신
을 본다. 사랑하는 사람의 창 밖에 눈을 맞으며 밤을 새
워본 기억이 있는 사람, 새벽이 올 때쯤 자신의 무위한
기다림을 자책하며 눈길에 아득히 발자국을 남기고 사랑
하는 사람의 창 앞을 떠나온 기억이 있는 사람은 이 시의
아름다움을 충분히 음미할 수 있을 것이다. 시인은 말한
다. 그 발자국이 "어둠을 익히며/한참을 아득히 서 있던
/더 깊고/더 춥던 흔적"이라고. 아무것도 기대하지 않고
어둠을 응시하며 서 있던 그 깊은 흔적이 바로 섬진강을
창조한 원동력일 것이다.

이러한 서정시인에게서 직선적인 현실 고발을 기대하는 것은 엄청난 무리다. 현실을 고발할 때도 그는 시적인 방식을 택할 수밖에 없었다. 그것이 전라도 방언과 판소리 가락이었다.

그는 그 이후 《꽃산 가는 길》과 《그리운 꽃편지》에서 자신이 원하는 세상에 대한 간절한 기다림을 담아내었다. 그것은 그의 첫 시집 《섬진강》 시편에 담긴 그리움의 정서가 연장된 것이기에 시상의 새로운 발전을 보여주는 것은 별로 없었다. 그러나 그런 과정을 거쳐 창조된 그의 시 〈눈 내리는 김제만경〉은 그의 새로운 의식의 단면을 보여주고 있어 주목된다. 시인은 눈 내리는 김제 만경들판을 바라보며 모든 것이 눈발 속에 사라지는 광경을 본다. 그대에게 가는 길도 없고 이 세상으로 가는 길도 없다는 막막한 인식에 도달했을 때, 이렇게 모든 것이 사라져 내가 넘어온 산조차 모습을 감출 때, 그때 하나의 깨달음이 온다. 그것은 "여기서는 모든 것을 잃을 때만/이 세상을/새로 다 만나/그대를 부를 수 있다"는 깨달음이다. 이 깨달음은 매우 소중하다. 사람은 모든 것을 잃을 때 세상을 새롭게 만날 수 있는 것이다.

80년대에서 90년대로 넘어오면서 국제 정세는 변환을 맞는다. 소련과 동구라파에서 민중 이데올로기가 막을 내리고 중국도 시장경제로 전환한다. 국내의 민중운동 세력은 지지 기반이 약화되면서 민중문학은 역사의 저편으로 물러나버렸다. 더군다나 시인이 지극히 사랑하던 이광웅, 김남주 시인이 세상을 떠난다. 시인은 정신적 충격 때문에 육신의 쇠약에 빠져 죽음과의 싸움을 계속했다고 한다. 그러나 그는 섬진강의 물길처럼 고난의 산구비를 돌아 자운영꽃 같은 시의 자리로 돌아왔다. 그것은 사람이 모든 것을 잃을 때 세상을 새롭게 만나 그대를 노래할 수 있다는 만경평야의 가르침 때문이었을 것이다.

3. 진정한 시인의 길

한동안의 침묵을 거친 후 1995년에 간행한 그의 일곱 번째 시집 《강 같은 세월》에는 앞에서 본 〈흔적〉과 방불한, 혹은 그 수준을 훨씬 능가하는 아름다운 시편들이 담겨 있다. 소박하면서도 절제된 서정으로 단형 서정시의 전범을 보여주는 작품들 중에는 〈산벚꽃〉처럼 선시(禪詩)의 차원에 근접한 독특한 상상력의 추이를 보여주는 작품도 들어 있다. 봄날의 서경과 막막한 그리움의 정서를 결합한 이 시는 지금까지의 그의 시와는 다른 또 하나의 진경을 보여준다.

이러한 단형 서정시와 더불어 또 하나 중요한 특징으로 발견되는 것은 대상을 바라보는 온화하고도 정겨운 시선이다. 그 이전의 그의 시에도 사랑의 정신이 절절히 스며 있었으나 그것이 그의 내부에서 자연스럽게 우러난 온기로 덥혀져 발현되는 것은 분명 새로운 국면이다. 〈교실 창가에서〉 같은 시에서 꽃처럼 피어오르는 아이들의 천진한 모습을 따스한 시선으로 묘사한 것이라든가 〈봄 편지〉에서 역시 아이들의 때묻지 않은 천진성을 자연스럽게 드러낸 점, 혹은 〈농민들은 농사철에 죽지 않는다〉나 〈오늘 하루 집에 있었다〉에서 드러난 꾸밈 없는 일상성의 건강한 낙천성과 천진성 등은 그의 시에 보이던 생명 사랑의 정신이 더욱 웅숭깊게 자리잡은 양태라 할 수 있다.

이 두 가지 특징은 그 이후 지금의 시까지 지속되어 오는 중요한 단면이다. 특히 그는 이 온화한 사랑의 시선을 통하여 절망을 희망으로 전환시키는 탁월한 극기의 자세를 실현할 수 있었다. 앞의 〈눈 내리는 김제만경〉과 유사한 발상을 담고 있는 시, 〈노래〉를 보면 모든 것이 다 끝난 판국에서도 시인은 '다 버리고 다 얻는' 새벽처럼 노래를 계속해야 하며 모든 것이 사라져도 노래는 남는 것이라고 말한다. 여기서 우리는 고난의 세월을 통해 그가 터득한 시의 진실을 발견하게 된다. 그것은 섬진강의 물줄기를 바라본 시점으로부터 십 년의 세월이 흐른 다음에 얻어진 것이다. 그리고 그것은 섬진강의 흐름을 그대로 계승하는 것이기도 하다.

그의 최근작을 보면 지금까지 그가 행해오던 시적 탐구가 그대로 지속되면서 그것이 더욱 옹골찬 시적 결구로 응결되어 있음을 발견하게 된다. 그의 관심은 여전히 농촌 공동체의 당면 문제와 그 속에서 살아가는 사람들의 아픔을 나타내는 것으로 이어지는데 그 형상화의 방법은 더욱 절제된 시적 긴장의 국면으로 상승하고 있다. 가령 〈현이네 어머니는 오지 않았습니다〉의 경우 나타내고자 하는 바는 현이네 어머니가 전주의 아들집으로 간 후 고향에 돌아오지 않았고 그 이후 현이네 집은 텅 빈 상태로 남게 되었다는 내용이다. 이것은 그의 초기시에도 자주 등장하던 농촌 공동화 현상의 제시다. 그런데 시인은 현이네 어머니가 돌아오지 않았다는 사실의 전후에 자연의 변화 양상을 풍성하게 배치함으로써 그리운 사람의 부재에 대한 아쉬움과 절절한 그리움이 자연스럽게 우러나도록 처리하였다. 말하자면 농촌이 피폐화되는 가슴아픈 현실을 보여주면서도 이야기의 표면에는 화자의 감정 대신 자연의 정경을 제시함으로써 고도의 서정화를 이룩한 것이다. 이것은 바로 1920년대 우리의 서정시인 김소월이 즐겨 사용한 수법인데 그것이 수십 년의 거리를 뛰어넘어 김용택의 시에 계승되고 있음을 우리는 본다.

그뿐 아니라 그의 시에는 30년대의 탁발한 시인 백석이 보여준 서술적 시화의 방법에 비견될 만한 예가 보이는데 그것은 〈가을〉이라는 작품에서 확인된다.

이 시는 표면적으로는 농촌의 가을 풍경을 눈에 띄는 대로 나열한 것처럼 보인다. 그러나 여기 서술된 내용은 시인의 말 그대로 '그립고 정다운 우리나라의 가을 풍경' 이다. 노랗게 머리 숙인 벼들을 하염없이 바라보는 농부, 가방을 메고 혼자서 타박타박 들길을 걸어 집으로 가는 아이, 깨끗하게 벌초된 이름도 모르는 사람들의 무덤 등 이 시에 제시된 장면들은 우리의 가슴을 저리게 하면서도 아련한 그리움을 갖게 하는 그런 장면들이다. 이것은 대상의 객관적 서술을 통해 감정을 응축해내는 차원 높은 표현 방법이다. 앞에서 본 소월식의 자연 서정화와 여기서 본 백석식의 서술적 시화의 방법은 소월과 백석을 계

승하면서도 그것을 한 단계 극복한 시적 성과이다. 나는
이것이 진정한 의미에서의 전통의 계승이라고 생각한다.
이것은 김용택 시인이 소월과 백석을 의식했건 안 했건
그 사실을 떠나서 문학사와 정신사의 한 연계성을 보여주
는 사례이다. 문학사의 전통과 정신사의 연맥은 바로 이
런 데서 찾아야 한다고 나는 생각한다.

　최근 시에 보이는 이러한 변화는 그의 초기시에 이미
내장되어 있었다. 그런데 그것이 이렇게 전면적으로 그리
고 자각된 형태로 나타나게 된 데는 분명 어떤 계기가 있
었을 것이다. 그 계기의 한 단서를 보여주는 작품이 〈생
각이 많은 밤〉이다.

　시인은 끝없이 이어지는 생각에 잠들지 못하고 밤새 뒤
척이다가 아침에 일어나 서리 내린 마당과 들판을 본다.
거기에는 앞의 시 〈가을〉에서 본 것 같은 친근한 농촌의
풍경이 펼쳐진다. 그는 이 정경들을 지켜보며 비로소 '마
음이 개운해지고' '텅 빈 마음 안에 세상의 모든 것들이
또렷이 보이는 것'을 체험한다. 납득하기 어려웠던 사연
까지도 이제는 이해하고 수긍하는 그런 투명한 마음의 상
태에 도달한다. 그러한 평정과 관조의 상태에서 비로소
다음과 같은 시가 마련될 수 있었을 것이다.

　　이별은 손 끝에 있고
　　서러움은 먼데서 온다
　　강 언덕 풀잎들이 돋아나며
　　아침 햇살에 핏줄이 일어선다

마른 풀잎들은 더 깊이 숨을 쉬고
아침 산그늘 속에
산벚꽃은 피어서 희다
누가 알랴 사람마다
누구도 닿지 않은 고독이 있다는 것을
돌아앉은 산들은 외롭고
마주 보는 산은 흰 이마가 서럽다
아픈 데서 피지 않은 꽃이 어디 있으랴
슬픔은 손 끝에 닿지만
고통은 천천히 꽃처럼 피어난다
저문 산 아래
쓸쓸히 서 있는 사람아
뒤로 오는 여인이 더 다정하듯이
그리운 것들은 다 산 뒤에 있다
사람들은 왜 모를까 봄이 되면
손에 닿지 않는 것들이 꽃이 된다는 것을

—〈사람들은 왜 모를까〉 전문

　그의 정신의 터전인 농촌이 날로 텅 비어가는 것을 보
고, 그가 사랑하던 사람들이 죽음의 세계로 떠나가는 것
을 보고, 그 자신 또한 심신의 고통에 시달리며 절망의
극한까지 체험했던 시인은 이제 자신의 감정을 가다듬으
려 한다. 사랑하는 사람과의 이별은 슬픔을 낳고 슬픔은
다시 고통을 낳는다. 시간이 지나면 슬픔이나 고통도 가
벼워진다고 하지만 사실은 그렇지 않다. 이별의 순간이

지나간 다음에도 슬픔은 멀리서 밀려들고 고통은 시간이 갈수록 "천천히 꽃처럼 피어난다". 슬픔과 고통은 지워지지 않는 한이 되어 가슴 저 밑으로 스며드는 것이다.

이러한 시인의 주위에 봄은 어김없이 찾아와 강 언덕엔 풀잎이 돋아나고 산그늘엔 산벚꽃이 피어난다. 이렇게 생명의 기운이 솟아오르지만 시인은 여전히 외로움과 아픔을 느낀다. 그것은 결국 모든 존재가 고독하고 모든 아름다움은 고통에서 솟아난다는 깨달음을 갖게 한다. 모든 꽃은 아픔에서 피어나기에 자신의 고통도 "천천히 꽃처럼" 피어나는 것이다.

우리는 살아가면서 많은 것을 그리워하지만 그 그리움의 대상이 우리 손에 잡히는 경우는 드물다. 그야말로 "그리운 것들은 다 산 뒤에" 있는 것이다. 그러나 시인은 이 사실에 다시 절망하지 않는다. 모든 존재가 외롭고 모든 꽃이 아픔에서 피어나는 것이라면 자신의 기다림도 꽃이 될 수 있을 것이다. "뒤로 오는 여인이 더 다정하듯이"라는 구절은 바로 이러한 긍정의 마음을 암시한다. 그러한 긍정의 시선으로 볼 때 봄날에 피어나는 꽃은 바로 우리가 희구했던 대상, 그리움의 대상으로 인식되는 것이다. 산 뒤에 있던 그리운 것들이 저마다 꽃으로 피어나는 기적을 우리는 그의 시에서 체험한다.

이러한 내용을 담고 있는 이 시는 정밀한 대위적 구성으로 짜여져 있다. 어느 한 구절 떼어낼 수도 없고 다른 구절을 보탤 수도 없다. '이별/서러움'의 관계가 '풀잎/핏줄', '풀잎/산벚꽃'의 관계를 지나 '고독/아픔', '슬픔/고통'의 관계로 전이되는 과정은 신비롭기까지 하다.

이러한 완벽한 구도를 축으로 하여 그가 보여준 봄의 세계는 화사한 소생의 정경도 아니며 그렇다고 음울한 비애의 풍경도 아니다. 그것은 봄의 살아남과 봄의 슬픔이 복합되어 있는 세계다. 이것은 한을 머금은 아름다움의 세계다. 그것은 또한 절망을 내포한 희망의 세계다. 우리는 여기서 다시 앞에서 잠시 본 〈노래〉의 한 구절을 떠올리게 된다. '모든 것을 다 버리고 다 얻는' 전환의 사고, 절망을 희망으로 바꾸는 창조의 힘이 여기 작용하고 있다.

시인은 슬픔 속에 아름다움을 보고 희망을 본다. 그러면서도 그는 결코 슬픔과 고통을 잊지 않는다. 이것이 지금의 상황에서 그가 택할 수 있는 최선의 길이다. 그런데 참으로 중요한 것은 이 시에 담긴 생각이 시인의 개인적 정서 체험에 머물지 않는다는 사실이다. 그것은 밖으로 이동하여 우리들의 마음을 움직인다. 그리하여 슬픔과 고통을 안고 사는 사람들의 마음을 깊이 위무하는 새로운 기적을 실현하는 것이다.

이런 시적 성취를 통하여 그는 농민시인의 자리에서 진정한 시인의 자리로 나아가게 된다. 80년대의 격정의 시간들, 그의 열망과 분노가 역사의 저편으로 넘어가버린 것이 못내 회한으로 남을지 모르지만, 그는 그런 상실의 세월을 거쳐 참다운 시인의 자리에 이르렀다.

그가 《강 같은 세월》의 후기에 썼듯 인간의 길과 시인의 길은 둘이 아니다. 그는 참다운 시인의 자리에 이름으로써 역사 앞에 부끄럼 없는 한 인간의 자리에 도달한 것이다. 그런 참다운 자리에서 쓴 시는 모든 사람에게 감동을 준다. 우리는 그 감동의 여운 속에서 꽃피는 봄을 맞이하여 우리의 슬픔과 아픔이 저렇게 꽃으로 피어나는 모습을 바라보고 있다.

제12회 소월시문학상 수상작품집

초판 1쇄—1997년 4월 15일
초판 6쇄—2000년 10월 20일

지은이 — 김 용 택 외
펴낸이 — 전 성 은
펴낸곳 — (주)문학사상사
주소 : 서울특별시 송파구 오금동 91 번지 (138-130)
등록 : 1973년 3월 21일 제1-137호

편집부 — 3401-8543∼4
영업부 — 3401-8540∼2
팩시밀리 : 3401-8741∼2
홈페이지 : www.munsa.co.kr
전자우편 : munsa@munsa.co.kr
우편대체 계좌번호 : 010017-31-1088871
지로구좌 : 3006111

ISBN 89-7012-252-4 03810

김승희 詩集
왼손을 위한 협주곡

아픔과 신령, 그리고 고통의 신바람이란 특유의 세계를 조화시켜 이루어 낸 미학과 시학이 공수(神話)처럼 계시하는 인식의 세계가 이 한 권의 시집이다.
● 국변형판/값 3,000원

노향림 詩集
눈이 오지 않는 나라

감성을 절제한 개성을 통한 부재 의식과 사물들의 존재를 표현하고 있다. 살아 있다는 증거가 하나도 없는 삶 속에서도, 눈이 오지 않는 나라에 살고 있는 시인의 투명한 목소리를 들을 수 있다. ● 국변형판/값 1,800원

오세영 詩集
가장 어두운 날 저녁에

詩는, 별이 있고 꽃이 있듯이 그저 있는 것이지만, 고단한 시대의 시인들은 꽃밭에 밀알을 뿌릴 수도 있고, 별빛으로 독서를 할 수도 있다고 말하는 시인이 갈등의 심연에서 피워 낸 화해의 꽃다발. ● 국변형판/값 2,000원

홍윤숙 詩集
태양의 건너 마을

허망한 삶에 의미를 부여하고자, 명징한 언어로 현실 세계가 가지고 있는 온갖 결핍에 대해 깊이 고뇌하여 승화시키는 시인의 삶의 지향이 잘 드러나 있는 시편.
● 국변형판/값 2,000원

원희석 詩集
물이 옷벗는 소리

물 혹은 물방울이라는 아주 함축된 상징 체계 속에서 고도의 뛰어난 상상력으로 따뜻한 집, 그리고 화해로운 삶의 질서를 꿈꾸는 서정적 힘이 있는 시편들.
● 국변형판/값 2,000원

박정만 詩集
서러운 땅

스스로 창조한 정형시로 새 전통을 창조하는 흙의 소리꾼인 시인은 60여 편의 시편들을 통해 아픈 육신과 정신을 어떤 보이지 않는 손으로 인도하고 있다.
● 국변형판/값 2,000원

강은교 詩集
바람 노래

삶과 세계 속에 감추어져 있는 허무의 진실을 끊임없이 탐구해 온 시인이, 시는 생의 한가운데에 서서 허무와 절망들을 감싸 안고 그것을 깊이 있게 뛰어넘어야 한다고 외친다. ● 국변형판/값 2,000원

문충성 詩集
낙법으로 보는 세상

이 저주받은 땅에 저주받은 목숨을 끌고 다니다가 마침내 흙 속에 뼈를 묻게 될 날이 올 때까지 열심히 시를 쓸 수밖에 없는 칼 같은 시인의 시심을 엿본다.
● 국변형판/값 2,000원

김승희 詩集 달걀 속의 生	닫혀 있는 거대한 전천후 냉장고 속에서 자신들이 죽어 가고 있다는 사실조차 의식하지 못한 채 살고 있는 현대인들에게 이 시집은 일상의 편린들을 삶의 진리로 승화시키는 방법을 제시하고 있다. ● 국변형판 / 값 4,500원
정한모 詩集 原點에 서서	세월이 흐를수록 생명감에 대한 저해 요인이 늘어나기만 하는 현재의 생활에서 비자연화, 비인간화의 추세가 가속화할수록 생명에 대한 사랑과 원초적인 것에 대한 그리움과 갈망이 담긴 시편. ● 국변형판 / 값 2,500원
이사라 詩集 히브리인의 마을 앞에서	시인은 엽서와 통화, 그리고 편지 전보 등의 언어를 통해서 타인과의 교신, 잃어버린 자아의 이름을 찾기 위한 치열한 몸부림을 시라는 언어로 보여 주고 있다. ● 국변형판 / 값 2,000원
이성선 詩集 새벽 꽃 향기	자연으로 일컬어지는 우주적 질서에 대한 외경에서 출발하는 시인은 우주 속에서 시인이 자리한 일상의 세계를 만나게 하는, 자리의 설정을 보여 주고 있다. ● 국변형판 / 값 2,000원
정한숙 詩集 잠든 숲속을 걸으면	우리의 인생 체험에는 어떤 고답적인 구도나 사유 따위는 불필요한 것이며 다만 실제 살아온 이야기, 현실과 생활과 자신의 행동이 일치되어 나온 체험적 진실만이 필요한 것이라고 주장한다. ● 국변형판 / 값 2,000원
유안진 詩集 月令歌 쑥대머리	우리의 의식을 무겁게 짓누르고 흔들어대는 정보 산업 사회를 사는 현대인의 고뇌를 함께 앓고 함께 씻어 냄으로써 영혼의 정화를 돕고 있는 시편. ● 국변형판 / 값 2,000원
김완하 詩集 그리움 없인 저 별 내 가슴에 닿지 못한다	신서정의 가능성을 열어가고 있는 시인. 그의 시에는 요즈음 일부 젊은 시인들의 시에 보이는 현학성과 취미, 수다스러움이 없다. ● 국변형판 / 값 3,800원
장 욱 詩集 사랑엔 피해자뿐 가해자는 없다	오늘날과 같은 기계문명의 시대, 환경파괴의 시대에 생명력과 인간회복을 갈망함으로써 삶의 온전성 또는 총체성을 획득하려는 성격을 지니는 시. ● 국변형판 / 값 4,000원
강희안 詩集 지나간 슬픔이 강물이라면	경박하고 천덕스러운 말장난이 신세대 감성의 혁명으로 일컬어지는 때에 어떤 시류에도 휩쓸리지 않고 진지한 자세로 노래하는 모습이 가히 믿음직스럽다. ● 국변형판 / 값 4,000원

문학사상사의 좋은 책— 이상문학상 수상작품집

▶ **제1회 서울의 달빛 0장/김승옥**
〈추천 우수작〉침묵/한수산, 두레박을 올려라/최인호, 조그만 체험기/박완서, 정학준/이병주,
아홉 켤레의 구두로 남은 사내/윤흥길, 지배와 해방/이청준, 난장이가 쏘아 올린 작은 공/조세희

▶ **제2회 잔인한 도시/이청준**
〈추천 우수작〉공항에서 만난 사람/박완서, 땔감/윤흥길, 잘못은 신에게도 있다/조세희, 혜자의
눈꽃/천승세, 돌의 초상/최인호, 밤길/한수산, 홍소/이동하

▶ **제3회 저녁의 게임/오정희**
〈추천 우수작〉달맞이꽃/김주영, 추적자/박완서, 북소리/송 영, 기억 속의 들꽃/윤흥길, 수렁 속
의 꽃불/전상국, 진혼곡/최인호, 안개 시정 거리/한수산

▶ **제4회 관계/유재용**
〈추천 우수작〉모자/김원일, 마지막 징 소리/문순태, 엄마의 말뚝/박완서, 어둠의 집/오정희,
그 겨울/이문열, 새와 나무/이청준, 우상의 눈물/전상국

▶ **제5회 엄마의 말뚝 · 2/박완서**
〈추천 우수작〉따뜻한 돌/김원일, 철쭉제/문순태, 별사/오정희, 이 황량한 역에서/이문열, 달평
씨의 두 번째 죽음/전상국, 낮꿈/조해일, 불배/한승원

▶ **제6회 깊고 푸른 밤/최인호**
〈추천 우수작〉미망/김원일, 유실/박완서, 파편/이동하, 빈영출/이병주, 시간의 문/이청준, 술래
눈뜨다/전상국, 익명의 섬/이문열

▶ **제7회 먼 그대/서영은**
〈추천 우수작〉미명의 하늘/문순태, 역류/박시정, 불망혼/오정희, 모든 별들은 음악 소리를 낸다/
윤후명, 타오르는 추억/이문열, 미망하는 새/한승원

▶ **제8회 어두운 기억의 저편/이균영**
〈추천 우수작〉불망기/김원일, 울음 소리/박완서, 산행/서영은, 순례자의 노래/오정희, 호궁/윤
후명, 가위 밑 그림의 음화와 양화/이청준, 아버지의 땅/임철우

▶ **제9회 나그네는 길에서도 쉬지 않는다/이제하**
〈추천 우수작〉미혹의 길/윤후명, 지 알고 내 알고 하늘이 알건만/박완서, 우리들의 불꽃/백도기, 달
의 회유/한승원, 달맞이꽃/오탁번, 해변 아리랑/이청준, 천둥 소리/김주영, 소리에 대한 몽상/최수철

▶ **제10회 흐르는 북/최일남**
〈추천 우수작〉꽃을 찾아서/박완서, 책상과 돼지/백도기, 원미동 시인/양귀자, 누에는 왜 고치를
떠나지 않는가/윤정모, 잠든 도시와 산하/이동하, 강설/이제하, 볼록 거울1 · 2 · 3/임철우

▶ **제11회 우리들의 일그러진 영웅/이문열**
〈추천 우수작〉쇠둘레를 찾아서/김주영, 문신의 땅/문순태, 매우 잘생긴 우산 하나/윤흥길, 못/
이승우, 흐르는 산/이청준, 썩지 아니할 씨/전상국, 젖어 드는 땅/최일남

▶ **제12회 붉은 방 · 해변의 길손/임철우 · 한승원**
〈추천 우수작〉지빠귀 둥지 속의 뻐꾸기/전상국, 꿈꾸는 시계/문순태, 혼잣말/최수철, 고산 지대/이승우

20여 년 전 작품집도 계속 중판되는 유례없는 스테디셀러!

▶ **제13회 겨울의 환/김채원**
〈추천 우수작〉 비둘기는 집으로 돌아온다/고원정, 그리운 거인들/김만옥, 멀고 먼 해후/김영현, 얼음벽의 풀/김향숙, 어느 무정부주의자의 하루/최수철

▶ **제14회 마음의 감옥/김원일**
〈추천 우수작〉 별/김영현, 태어나지 않은 아이를 위한 길 찾기/김향숙, 협궤열차에 관한 한 보고서/윤후명, 땀/이동하, 우리 시대의 무당/조성기, 인형 만들기/최인석

▶ **제15회 우리 시대의 소설가/조성기**
〈추천 우수작〉 물이 물 속으로 흐르듯/김지원, 기차와 별/윤정선, 세상 밖으로/이승우, 마지막 연애의 상상/이인성, 운명에 관하여/이창동, 속 깊은 서랍/최수철

▶ **제16회 숨은 꽃/양귀자**
〈추천 우수작〉 고도를 기다리며/김영현, 포경선 작살수의 비애/박양호, 풍금이 있던 자리/신경숙, 홍수 경보/유순하, 해질녘/윤정선, 머릿속의 불/최수철

▶ **제17회 얼음의 도가니/최수철**
〈추천 우수작〉 구렁이 신랑과 그의 신부/김지원, 청량리역/송하춘, 모여 있는 불빛/신경숙, 해는 어떻게 뜨는가/이승우, 완전한 영혼/정 찬, 수선화를 꺾다/하창수, 맑고 때때로 흐림/한수산

▶ **제18회 하나코는 없다/최 윤**
〈추천 우수작〉 우리 생애의 꽃/공선옥, 꿈/공지영, 온천 가는 길에/김문수, 그리고 아무 말도 하지 않았다/김영현, 빈집/신경숙, 소는 여관으로 들어온다 가끔/윤대녕, 미궁에 대한 추측/이승우

▶ **제19회 하얀 배/윤후명**
〈추천 우수작〉 추운 봄날/김향숙, 제부도/서하진, 내 인생의 마지막 4.5초/성석제, 피아노와 백합의 사막/윤대녕, 나비넥타이/이윤기, 나비의 꿈, 1995/차현숙, 노래에 관하여/최인석

▶ **제20회 천지간/윤대녕**
〈추천 우수작〉 궤도를 이탈한 별/김이태, 담배 피우는 여자/김형경, 첫사랑/성석제, 빈처/은희경, 말을 찾아서/이순원, 나비, 봄을 만나다/차현숙

▶ **제21회 사랑의 예감/김지원**
〈추천 우수작〉 연못/권현숙, 울프강의 세월/김소진, 식성/김이태, 바다에서/김인숙, 어린 도둑과 40마리의 염소/성석제, 그늘바람꽃/이혜경

▶ **제22회 아내의 상자/은희경**
〈추천 우수작〉 존재는 눈물을 흘린다/공지영, 거울에 관한 이야기/김인숙, 말무리반도/박상우, 색칠하는 여자/엄창석, 노래하는 여자 노래하지 않는 여자/이혜경, 환(幻)과 멸(滅)/전경린

▶ **제23회 내 마음의 옥탑방/박상우**
〈추천 우수작〉 물 위에서/김인숙, 은둔하는 북(北)의 사람/배수아, 삼촌의 좌절과 영광/원재길, 1978년 겨울, 슬픈 직녀/이순원, 손가락/이윤기, 당신의 백미러/하성란

▶ **제24회 시인의 별/이인화**
〈추천 우수작〉 포구에서 온 편지/박덕규, 징계위원회/배수아, 물 속의 집/원재길, 아비의 잠/이순원, 나의 자줏빛 소파/조경란, 돛 낡는 어부/한창훈